BLANCHE

BLANCHE
ERA IN EQUILIBRIO
SUL CORNICIONE,
PRONTA A SALTARE.
LA NOTTE ERA LIMPIDA,
LE NUVOLE RADE
E LE STELLE BRILLAVANO
SUI TETTI DI PARIGI.

E adesso che facciamo?

L'ennesima carrozza nera passò sferragliando in rue Saint-Honoré. Era diretta verso le tozze mura del Louvre, come tutte le altre che stavano portando i nobili al ballo.

Dove dovremmo essere anche noi, per altro.

Era in ritardo e non avrebbe dovuto esserlo. Era un guaio, lo sapeva benissimo, tuttavia non poteva rischiare che qualcuno la vedesse mentre era lassù.

E nemmeno di cadere.

Non era esattamente a suo agio, sul quel cornicione, ma non aveva alternative. Aspettò trepidante che la carrozza svoltasse, infine, con un bel respiro, saltò.

Ce la faremo!

Si librò nell'aria verso il tetto dell'Oratoire du Louvre, la grande chiesa in perenne costruzione.

Ci arrivò vicina, vicinissima. E poi mancò il cornicione di una spanna.

No no no no...

Cadde.

E mentre cadeva allungò una mano verso i ponteggi.

Legno!

Le si bloccò il fiato in gola. In qualche modo si aggrappò a una delle sporgenze dell'impalcatura. Le sue dita grattarono, scivolarono e infine si chiusero sul bordo di legno. Blanche restò a dondolare nel vuoto come un enorme pipistrello, fradicio di paura.

Mai più, Blanche. Mai più. Non possiamo sbagliare un salto in questo modo.

Restò appesa fino a quando non si fu levata di dosso il terrore, poi, con un colpo di reni, si tirò su. Si acquattò sull'impalcatura e diede un rapido bacio all'anello.

Grazie, papà.

Anche se non era del tutto sicura che fosse merito suo.

L'attimo successivo correva sulle losanghe di pietra della chiesa, a trenta piedi da terra, con la naturalezza di chi sta giocando nel giardino di corte. Scavalcò il colmo triangolare del tetto, si sforzò di ignorare la parata di lumi e le torce che ardevano lungo la strada e nei labirinti di aiuole del giardino del Louvre, e si buttò dall'altra parte.

Hanno già iniziato i minuetti?

Alla base del tozzo campanile della chiesa era nascosta una piccola porta: ci si infilò a rotta di collo. Scese svelta tutti i gradini della torre campanaria ed entrò nella chiesa. L'Oratoire era deserto, fatta eccezione per un pugno di candele che tremolavano

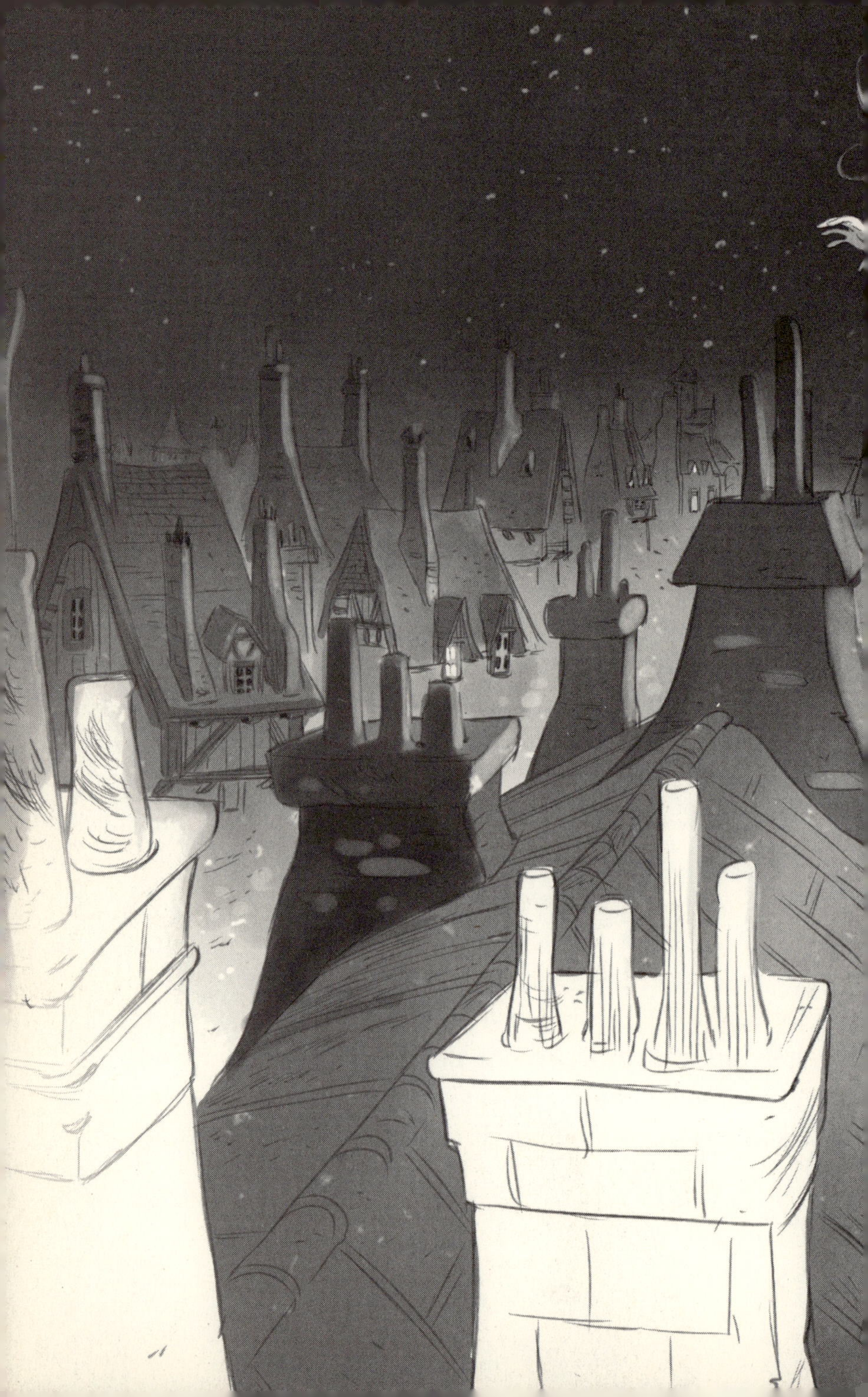

*Possiamo farcela,
dobbiamo farcela.
E ce la faremo!*

in una nicchia. Scese nella cripta, calda e silenziosa, e cercò le forcine. Avrebbe dovuto averle con sé per sistemarsi i capelli mentre tornava in camera.

Ma non le aveva.

Su, su, su, andiamo!

Imboccò il passaggio segreto dietro l'altare e cominciò subito a contare, per non perdere l'orientamento.

E per smettere di pensare alle conseguenze del suo ritardo.

– Uno, due, tre...

A duecentodiciannove raggiunse uno sfiato nel soffitto, da cui le arrivò un bagliore tremolante di luce e la voce di alcune persone che confabulavano nel giardino reale. Il suo istinto da spia la fece rallentare per ascoltare, ma le bastò qualche parola per capire che non si trattava di niente di importante: udì solo l'indirizzo della eccellente *charcuterie Lupiac*.

Ottimo. Così sapremo dove andare, quando ci servirà un salame.

Proseguì nel passaggio, con il cuore in gola per l'agitazione, per ancora una manciata di passi. Poi, un attimo prima di compiere il trecentesimo, svoltò a sinistra senza rallentare, nel buio, inforcando una strettissima scala a chiocciola del tutto invisibile per chi non sapesse della sua esistenza. L'idea di contare i passi le era venuta la settimana prima, stufa di brancolare nel buio. Salì velocemente i gradini, riconoscendo, tra un piano e l'altro, la melodia dei violini.

Il Ballet de la Nuit! *È già iniziato!*

Per un istante si sentì crollare il mondo addosso. L'istante successivo, però, era lì che correva con ancora più energia.

Possiamo farcela,

dobbiamo farcela.

E ce la faremo!

© 2018 Book on a Tree
Per i diritti internazionali © Book on a Tree
A story by Book on a Tree
www.bookonatree.com

www.battelloavapore.it

Testi: Lucia Vaccarino *e* Gloria Danili
Progetto grafico: Laura Zuccotti
Editing: Clare Stringer
Impaginazione e redazione: Daniela Bordini *e* Beatrice Drago

Pubblicato per PIEMME da Mondadori Libri S.p.A.
I Edizione 2018
© 2018 - Mondadori Libri S.p.A., Milano
ISBN 978-88-566-6723-3

Anno 2018-2019-2020   Edizione 1 2 3 4 5 6 7 8 9 10

È assolutamente vietata la riproduzione totale o parziale di questo libro, così come l'inserimento in circuiti informatici, la trasmissione sotto qualsiasi forma e con qualunque mezzo elettronico, meccanico, attraverso fotocopie, registrazione o altri metodi, senza il permesso scritto dei titolari del copyright.

Stampato presso ELCOGRAF S.p.A. - Stabilimento di Cles (TN)

IL BATTELLO A VAPORE

Angélique Chevalier

BLANCHE
UNA SPIA PER LA REGINA

Illustrazioni di
Paola Antista

PIEMME

CAPITOLO I

MADEMOISELLE BLANCHE!

Per risparmiare tempo, Blanche cominciò a spogliarsi della sua divisa notturna lungo le scale, ripromettendosi che sarebbe poi tornata a recuperarla una volta che le cose si fossero sistemate: lanciò prima uno stivale, poi l'altro, saltò fuori dagli strettissimi pantaloni da uomo, sfilò la tunica, gettò via la camicia scura. Tenne solo la sottoveste e la cintura, dove aveva infilato i due coltelli e l'astuccio dei grimaldelli.

Non si sa mai.

Infine raggiunse la porta antica mimetizzata nella tappezzeria della sua camera da letto. Si concesse il tempo di ascoltare se, dall'altra parte, ci fosse qualche rumore e poi la spinse.

Nessun pericolo.

Scivolò lungo il profilo del letto, i piedi nudi sul pavimento di legno.

E si accorse di essersi sbagliata.

– MADEMOISELLE BLANCHE! – fu il grido allarmato di Alphonsine, la domestica di palazzo, fino a quel momento invisibile dall'altra parte della stanza. – Ma dov'eravate finita? Vi ho mandata a cercare ovunque! Vi stanno aspettando tutti! E...

Ora ci guarderà e comincerà a strillare ancora più forte.

Mademoiselle Blanche!

– E COME VI SIETE VESTITA? – strillò, in effetti, Alphonsine.

Meglio che tu non lo sappia, cara vecchia signora.

Blanche poteva fare solo una cosa: tuffarsi sul letto e nascondere la cintura armata sotto i cuscini prima che Alphonsine la notasse. Le vennero in aiuto le poche candele accese nella sua camera. Mentre rotolava sul pagliericcio gettò cintura, coltelli e grimaldelli sotto i cuscini e ricadde a terra senza fiato.

Alphonsine la guardava come si guarda una tigre da domare: spettinata, mezza svestita, con le dita graffiate e il corpo pieno di lividi. E con accanto un delizioso abito lilla preparato per il gran ballo, con tanto di maschera scura da tenere sugli occhi.

– Oh, che meraviglia! – esclamò Blanche, con tutto il candore di cui era capace.

Ci scivolò dentro, si alzò sulle punte dei piedi e se lo allacciò più velocemente che riuscì.

– I v-vostri capelli, madamigella! – balbettò intanto la povera domestica.

– I miei capelli andranno benissimo.

– No che non andranno benissimo! Che ne è stato della vostra acconciatura per il ballo?

Se solo tu sapessi, cara Alphonsine… non ti preoccuperesti dell'acconciatura!

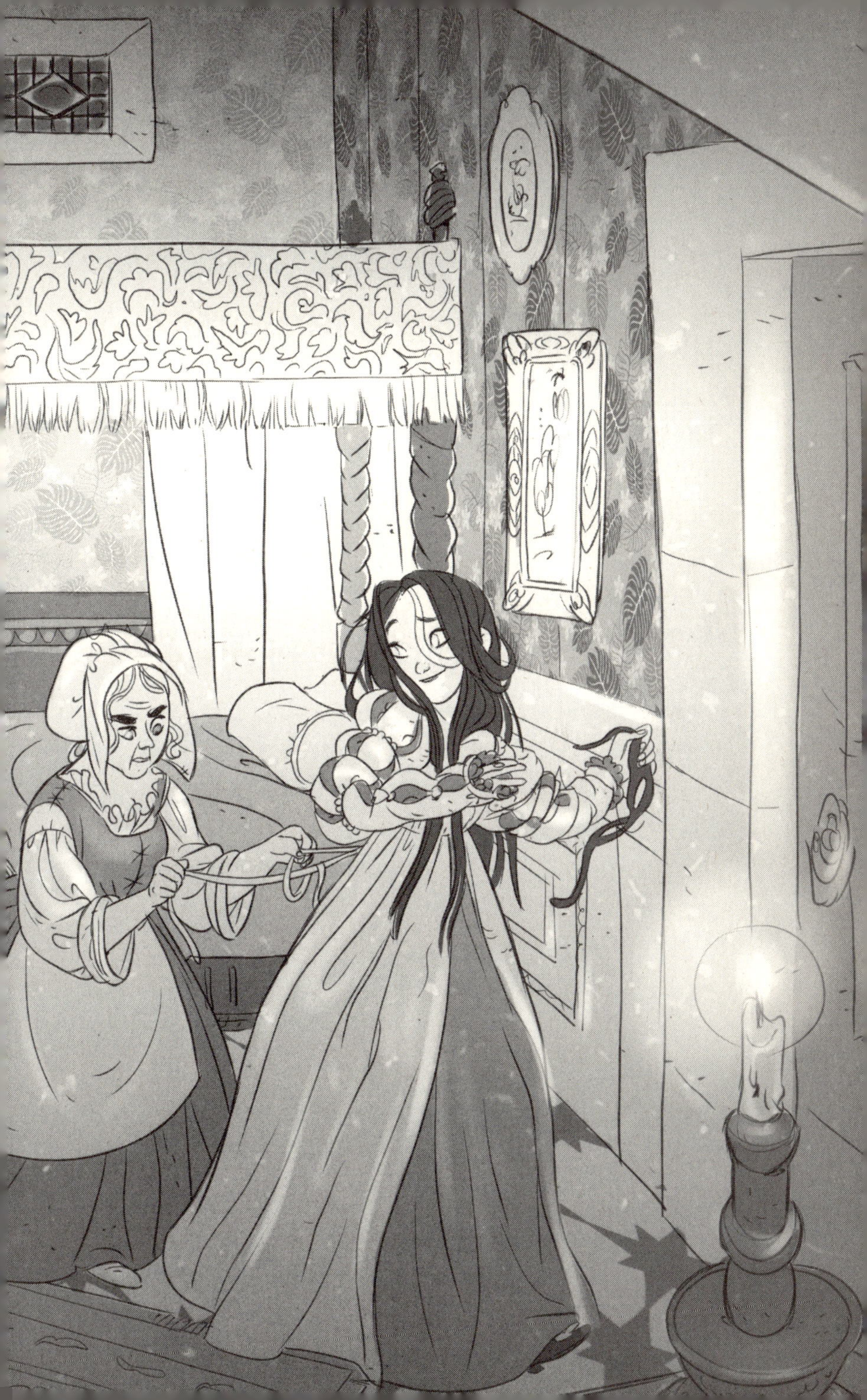

Capitolo I

Blanche agitò una mano con aria spiccia. Non poteva certo raccontare ad Alphonsine che boccoli e forcine erano andati perduti mentre saliva sull'edera rampicante, fuori dallo studio di monsieur de Marcigny, per dare un'occhiata alle sue lettere più compromettenti.
– Oh, non preoccuparti: nessuno ci baderà in un'occasione come questa! È un ballo in maschera! – rise, scompigliandosi ulteriormente i capelli e pregando che l'anziana domestica se la bevesse. – Piuttosto: dove sono le mie scarpe? Quelle morbide! Ah, eccole!
La donna la raggiunse. – Ma... madamigella Blanche... la regina! – ansimò, furiosa e rassegnata al tempo stesso. – Dovete mettere queste scarpe!
Poi la agguantò e, digrignando i denti come un cavallo da tiro, la costrinse a stare ferma almeno fino a quando non le ebbe chiuso tutti i gancetti e i lacci del vestito. Un'impresa non facile, perché nell'istante stesso in cui Blanche si sentiva agguantata, cominciava a dimenarsi come un serpente velenoso. Ma Alphonsine non mollò e si fece trascinare fino alla porta senza smettere di agganciare e annodare, più che mai determinata a dare a quella ragazzina selvaggia un aspetto se

Mademoiselle Blanche!

non all'altezza del suo ruolo, quanto meno decente.

– Va bene così! – disse Blanche, spalancando la porta della camera da letto.

Vennero entrambe raggiunte dalla musica allegra che saliva dal salone del ballo, un piano più sotto.

– Oh, buon Gesù! – esclamò Alphonsine, facendo saettare tra le dita l'ultimo laccetto, e lasciando andare la ragazza.

Blanche la strinse per le spalle e, con un grande sorriso, le stampò un bacio sulla fronte, appena al di sotto del segno della cuffietta bianca da servizio.

– Non ti preoccupare per me! La regina sa perché sono un tantino spettinata. Ma ti assicuro che sarà tremendamente contenta di vedermi!

E noi anche.

CAPITOLO II

AU REVOIR, AMBASCIATORE

La maschera!

La indossò un attimo prima di imboccare il portone che conduceva alla grande sala, maledicendosi per quello che aveva rischiato di fare: presentarsi al ballo in maschera senza maschera. Il salone a scacchi bianchi e neri era strapieno di persone, immobili nei loro travestimenti.

Ma prima di tutto...

Blanche aveva la gola in fiamme.

Individuò il valletto più vicino e lo puntò con passo deciso.

– Ecco, grazie! Ancora uno! – lo bloccò, prendendo dal suo vassoio d'argento prima un bicchiere di succo dolcissimo, poi un secondo, un terzo e infine un quarto.

Il valletto non fiatò: era abituato alle stranezze dei nobili, e solo un sopracciglio un po' più arcuato del solito lasciò trapelare appena la sua sorpresa.

– Avevo così sete... è tutto il giorno che sono appesa ai tetti! – scherzò Blanche, restituendogli l'ultimo bicchiere.

Il valletto fece un leggero inchino, come se quella fosse per lui una notizia normale.

La ragazza si infilò nel mezzo della sala, camminando con tutta la grazia e la discrezione di cui

Au revoir, ambasciatore

era capace. Anche se avrebbe mille volte preferito essere fuori, sotto le mura, a tirare di scherma.

I duelli, quella sera, erano in punta di lingua. E Blanche provò a seguirne più che poté.

– Che splendida idea, quella di un ballo in maschera – stava dicendo madame de Bonneval, nel suo abito azzurro bordato di tulle, che nelle intenzioni del sarto italiano doveva farla assomigliare a una spuma marina.

O a un'ostrica.

– Molto meglio dell'anniversario dell'incoronazione di Sua Maestà il re, con quelle interminabili parate militari! – le rispose madame de Saint-Belmont, da dietro un'enorme maschera contornata da piume candide da cui spuntava l'inconfondibile naso arcuato della famiglia, che aveva appiccicato loro il soprannome di "allocchi di corte".

Le due non la notarono, anche se lei sorrise a entrambe con furtiva sincerità.

Chi lo direbbe, vedendole così, che la Bonneval sa spegnere una candela a colpi di archibugio e la Saint-Belmont è una delle maggiori esperte di macchine d'assedio del regno?

Poco più avanti sfiorò il conte D'Avaux, che con

Capitolo II

lo pseudonimo di Plotin scriveva perfide memorie traboccanti di invidia e pettegolezzi.

Lui crede che nessuno sappia chi si nasconde veramente dietro quello pseudonimo, e invece lo sanno tutti, solo che reggono il gioco. I nobili fingono di disprezzare questo genere di cose, ma poi, non appena lo stampatore di rue de Sèvres pubblica un nuovo fascicolo, si affrettano a mandare i maggiordomi ad acquistarne una copia nella speranza di riconoscersi nelle sue pagine.

Si scambiarono un cenno del capo, che significava "io so chi sei e tu pensi di sapere chi sono io", poi Blanche era già altrove, circondata da altre insinuazioni, battute e commenti sagaci.

– La regina Anna è magnifica, questa sera...

– E che meravigliosa collana! Ho saputo che è il regalo di anniversario del re...

– Diciotto anni di matrimonio e ancora nessun erede in vista, che peccato!

– Non dimenticatevi che Anna è una spagnola, e se l'erede non arriva, la Spagna diventerà il più grande nemico del re!

– La Spagna, o la Volpe in Rosso?

Risatine.

Blanche proseguì, calamitando sguardi, frasi e

Au revoir, ambasciatore

domandine malevole e sfiorando gonne vaporose di broccato decorato. E più si avvicinava ai due sovrani dalla parte opposta della sala, più si faceva attenta.

Quanto siete belli, voi due: come il giorno e la notte.

I sovrani di Francia erano, al loro solito, straordinari. Luigi XIII aveva il viso lungo come un'alabarda, mitigato dalle onde dei lunghi capelli scuri. Lo sguardo cupo riusciva a trasmettere il suo fastidio anche attraverso la grande maschera da leone dietro cui si nascondeva. Pareva messo lì a inghiottire le ombre e la musica dell'orchestrina di violini. La regina Anna, al suo fianco, era invece sfavillante. Irradiava la stessa energia che il suo consorte sembrava voler spegnere. Indossava un vestito tempestato di gemme che rilanciavano le luci degli enormi candelabri, e aveva la pelle del collo bianchissima, liscia, su cui spiccava un enorme rubino.

Il Cuore del Regno.

Ma, più del rubino, a scintillare erano i suoi occhi, di un misterioso color nocciola striato di verde, che individuarono Blanche ancor prima che lei volesse essere individuata. Alla regina bastò un

Capitolo II

mezzo sospiro per farle capire che tutto andava avanti come previsto.

Così la ragazza si mise subito a cercare, nell'angolo della sala, un'altra persona.

Che bella festa, non è vero, cardinale?

Il cardinale Richelieu, la Volpe in Rosso, era l'unico degli invitati a non aver indossato un costume, forse perché non ne aveva bisogno. La sua maschera naturale, le pupille di brace, l'abito porpora e le lunghe dita eleganti, strette in grembo con il livore dell'acciaio, valevano il migliore dei costumi italiani.

Blanche gli fece un impercettibile inchino, sperando che bastasse.

Richelieu era il nemico giurato della regina, nonché il consigliere del re, che cercava in ogni modo di convincere a liberarsi di quella donna.

Lo sguardo che il cardinale le restituì era a dir poco infastidito. Un sguardo che significava: "Dove sei stata fino a questo momento, stupida ragazzina?".

Abbiamo davvero fatto il possibile, cardinale. E anche qualcosina in più. Tutto andrà come da accordi.

Blanche seguì lo sguardo di Richelieu fino a un uomo imponente, vestito come un albero inneva-

Au revoir, ambasciatore

to. Il grande macchinatore non si aspettava da lei niente di meno di quello che avevano provato e riprovato. D'altronde l'occasione del ballo in maschera, degli ospiti internazionali per la prima volta al Louvre e della confusione nell'intero palazzo era troppo ghiotta per non essere sfruttata.

Agli ordini.

La ragazza si avvicinò ubbidiente all'uomo che le era stato indicato, attese che terminasse il ballo e lo chiamò per nome, in modo volutamente impertinente.

– Ambasciatore Haderslev, quale onore – disse, rivolgendogli un goffo inchino che fece frusciare le plissettature di seta del suo abito lilla.

Sul volto dell'uomo si formò un sorriso divertito. L'ambasciatore di Svezia era un elegante quarantenne dal fisico robusto, di grande fascino, con i denti bianchissimi. E Blanche, nonostante la maschera e il vestito, non dimostrava nemmeno un giorno in più dei suoi quattordici anni.

– Vi concedo di chiamarmi Axel, madamigella. L'onore è mio – le rispose l'uomo, stando al gioco.

– Blanche de la Fère, mio signore.

Lui fissò l'avambraccio teso della ragazzina, senza smettere di sorridere.

Capitolo II

– E ditemi, Blanche de la Fère... intendete forse ballare con me?
Preferiremmo lavare tutte le tovaglie di palazzo, signore.
Ma invece di rispondergli, Blanche si morse il labbro vermiglio e si limitò a sorridergli.
Funzionò.
L'ambasciatore le porse la mano e la portò tra gli altri ballerini della sala.
La ragazza non amava danzare più di quanto amasse stare sospesa nel vuoto appesa ai cornicioni delle chiese, ma si era allenata per farlo, perché ballare in modo eccellente faceva parte dei suoi compiti indispensabili a palazzo. Quello, saper parlare piacevolmente del tempo o del color malva per più di un'ora, senza alcuna esitazione. E altre sciocchezze del genere.
E, comunque, il signor Haderslev era un perfetto ballerino.
C'è quasi il rischio che ci prendiamo gusto, a ballare con lui.
La loro coppia non passò inosservata: imponente e leggiadro lui, misteriosa e aggraziata lei. Si lasciarono alle spalle un ventaglio di nobildonne e figli cadetti in alta uniforme, ma imbranati

Au revoir, ambasciatore

nel ballo, che li fissavano con un misto di sorpresa e invidia. Quando si avvicinavano l'uno all'altra, Blanche non arrivava a guardare sopra la spalla del suo cavaliere e, quando si allontanavano, era troppo concentrata a seguire i passi. Non le piaceva sentirsi osservata. E si sforzò di non pensarci.

– Non vi stancate mai di cambiare dama, tra un ballo e l'altro? – sussurrò alla maschera bianca di Haderslev, non appena le parve che il ballo stesse volgendo al termine.

– Non è una di quelle domande che si dovrebbe rivolgere a un gentiluomo.

– E a cui non si dovrebbe nemmeno rispondere, se preferite... – ribatté Blanche, con un sorriso. – Anche perché non avete ancora danzato con la più ambita di loro...

Nel dire quelle parole, la ragazza fece in modo di avere dietro di sé la regina, e che l'ambasciatore la vedesse.

Lo sentì allentare la presa e sospirare appena, ma quanto le bastò per avere le conferme che cercava.

La Volpe ha davvero la vista lunga, e conosce tutti i tuoi punti deboli, ambasciatore.

Il ballo terminò, eppure Blanche non sfilò la mano da quella di Haderslev.

La Volpe ci tiene d'occhio. Non possiamo permetterci di sbagliare...

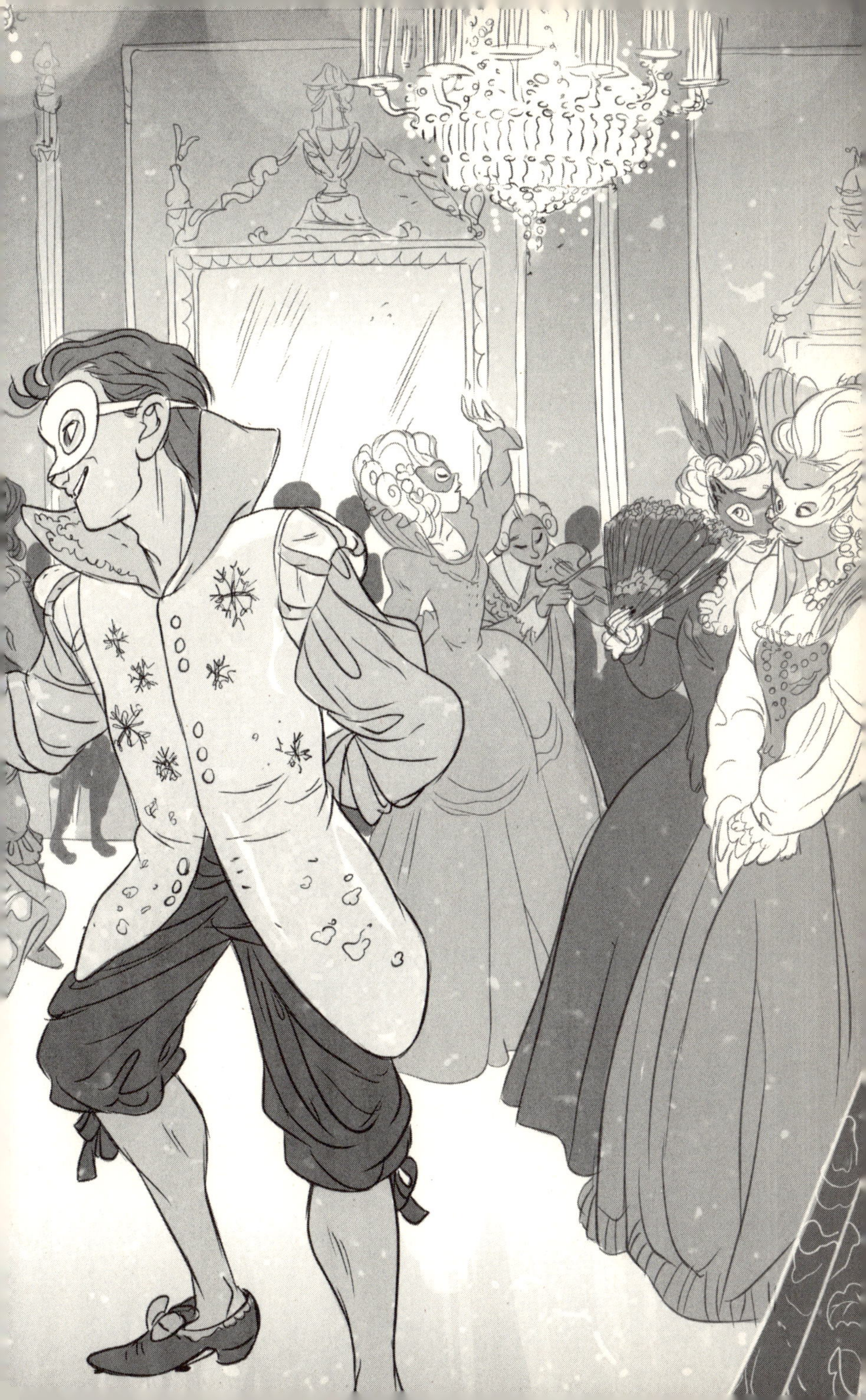

Capitolo II

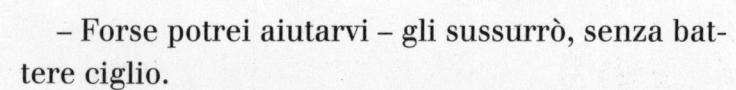

– Forse potrei aiutarvi – gli sussurrò, senza battere ciglio.
– Voi? – rise il suo compagno di ballo. Che però le tenne ancora la mano. – E come?
– Sono la sua dama di compagnia. E conosco le sue abitudini.

I due fecero l'inchino di congedo. E il ventaglio di dame e cavalieri dietro di loro si sparpagliò per avvicinarsi a entrambi.

Ora.

– A metà serata la regina si ritirerà nel salottino verde per bere una cioccolata calda in perfetta solitudine – recitò Blanche, tutto d'un fiato.

Gli occhi dell'ambasciatore si assottigliarono, assorti. – E voi sareste così cortese da farmi entrare?

Blanche annuì.

– E perché lo fareste?

– Credo, mio signore... – mormorò la ragazza mentre si allontanava – che lei non sia del tutto insensibile ai vostri sentimenti.

L'ambasciatore restò inchiodato come un trofeo di caccia, e Blanche fu quasi delusa nel constatare quanto era stato facile impallinarlo. L'accordo era chiuso, il piano pronto a scattare, forse non esatta-

Au revoir, ambasciatore

mente come si immaginava chi l'aveva preparato con minuzia di particolari, ma...

Au revoir, *ambasciatore.*

A quel punto la ragazza ricominciò a respirare. Si voltò per valutare con chi proseguire il ballo e scelse il cadetto che le parve più improbabile e innocuo. Gli fece un inchino e danzò finalmente più leggera, lasciando che lui le schiacciasse i piedi e si scusasse a ogni passo falso.

CAPITOLO III

QUEL DOMMAGE, CHE PECCATO!

...

Il corridoio era buio, tranne che per la luce delle stelle che filtrava da una grande finestra. La musica della sala da ballo arrivava soffusa, e così il chiacchiericcio degli invitati. Quando all'ora dell'appuntamento Blanche imboccò il corridoio, udì delle risatine dietro le tende di broccato drappeggiate contro il muro. Riconobbe quella di lui.

– Monsieur de Bonhiver! – disse a voce alta, passando oltre. – La vostra futura sposa vi sta cercando nel salone!

Le risatine si interruppero bruscamente. La testa di monsieur de Bonhiver fece capolino tra le tende, seguita da quella di una giovane che non era la sua promessa sposa. Appena i due videro che non c'era nessuno, a parte Blanche che si allontanava, si dileguarono in un baleno.

Come si fa a essere così imprudenti?

La ragazza raggiunse la porta del salottino verde, alla fine del corridoio. E riconobbe la grande sagoma dell'ambasciatore di Svezia nascosta nell'ombra.

– Temevo che non sareste venuta – disse l'uomo, con la voce che un po' gli tremava.

– E io in un vostro ripensamento – rispose Blanche. Anche se non era vero che lo temeva. Lo avrebbe preferito di gran lunga.

Quel dommage, che peccato!

Appoggiò le mani alla doppia anta della porta laccata di bianco e verde e aspettò quell'attimo in più, come se stesse ascoltando i rumori dall'altra parte. L'ambasciatore le si avvicinò, coprendola con la sua ombra.
– È qui? – domandò.
– Non si faccia troppe domande...
E si prepari al peggio.
Aprì un'anta e si insinuò nel salottino verde. Era avvolto dalla luce fioca delle candele, misurato nelle dimensioni e nell'arredo. Un caminetto acceso, un tavolino traboccante di porcellane e un divano, su cui era seduta, spalle alla porta, la regina, nel suo voluminoso vestito tempestato di gemme e specchietti.
– Mia signora! Sovrana del mio cuore! – si dichiarò subito l'ambasciatore, non appena superò la porta che Blanche gli teneva aperta.
Incredibile! Come possono gli uomini essere così sciocchi?
Haderslev attraversò il salottino a grandi passi, posando senza alcuna esitazione la mano sulla spalla nuda della regina. Si chinò sul suo collo con un impeto d'affetto e nello stesso istante, con precisione machiavellica, la seconda porta del salottino si spalancò.

Capitolo III

Quello che si dice un tempismo perfetto.
– Che state facendo, qui? È inammissibile! – sbraitò Luigi XIII comparendo sulla soglia con la maschera da leone stritolata in pugno.

L'ambasciatore svedese fu talmente sorpreso dalla comparsa del sovrano che non osò neppure muoversi. Dietro il re, svelto come una serpe, entrò il cardinale, l'artefice di tutta quella macchinazione.

– Che vi dicevo, Maestà? – sibilò Richelieu, sollevando una mano che stringeva un bicchiere di cristallo colmo di vino dorato. – Sorpresi in atteggiamento inequivocabile!

Blanche si scoprì quasi affascinata dal potere magnetico dei suoi occhi fiammeggianti. Doveva ammettere che c'era qualcosa di spettacolare, nel servire la sua gioia maligna. Poi, però, fece un passo di lato. E lasciò entrare nel salottino verde una nuova figura.

– Sorpreso chi? – esclamò la regina Anna.

Si era cambiata d'abito e ora ne sfoggiava uno ornato di piume di pavone. Il Cuore del Regno, al suo collo, mandò un riflesso rosso. Lo vide il re, lo vide il cardinale e lo vide l'ambasciatore di Svezia, che solo allora sollevò la mano dalla spalla della dama seduta davanti al camino.

Quel dommage, che peccato!

Sorpresa, sorpresa.
– Colette...? – esclamò il re, fissando la dama.
– Charlotte, mio caro... – lo corresse la regina Anna, indicando la donna che indossava il suo vestito. – Le ho concesso l'onore di provarlo, perché francamente mi era piuttosto difficile ballare con addosso quei lustrini...
– Voi! – si lasciò sfuggire il cardinale, stritolando il bicchiere.
Ma la regina Anna lo ignorò e insistette, invece, nel sorridere al marito. – Si può sapere perché mai siete tutti qui? Ambasciatore? Che cosa stava accadendo, con Charlotte?
– Charlotte, mia adorata! – esclamò a quel punto l'uomo, con una notevole prontezza di spirito.
Il re lo fissò appena alcuni instanti, poi gli accennò un sorriso di scuse.
– Non intendevo interrompervi, signori – aggiunse, con un certo impaccio. Nel ritirarsi, urtò il braccio del cardinale e lo raggelò con un'occhiata.
La Volpe in Rosso continuava a fissare la povera Charlotte, incapace di darsi pace per il fallimento della trappola.
Quel dommage! *Che peccato, cardinale! Un così bel piano, rovinato proprio all'ultimo!*

Capitolo III

Il re e la regina tornarono sottobraccio nel salone da ballo, il cardinale sparì nelle sue stanze e Blanche lasciò il salottino senza che nessuno badasse a lei, come la più invisibile delle persone di servizio.

– Allora, Charlotte... – sentì mormorare il signor Haderslev, mentre chiudeva la porta. – Hai mai sentito parlare della Svezia?

Fu afferrata da una tristezza inspiegabile e da una grande stanchezza. Scivolò nell'ombra del corridoio fino alle sue stanze. Le parve di riconoscere il metodico russare di Alphonsine e questo, in qualche modo, la rassicurò. Poi fece scattare la serratura, si sfilò il vestito e, un attimo prima di crollare sul cuscino, mormorò: – Sempre al vostro servizio, Maestà.

CAPITOLO IV

LA CERIMONIA DEL LEVER

Blanche aprì gli occhi che era già mattina e Parigi scalpitava sotto le sue finestre.

Si stiracchiò, senza però riuscire a mandare via la sensazione di pesantezza che l'aveva afferrata al termine della sera precedente.

Eppure, in qualche modo, doveva alzarsi.

Scivolò fuori dal letto, si lavò le mani e il viso nel catino smaltato e cercò di soffocare una specie di ruggito che le salì dal profondo della pancia.

Le cose importanti per una perfetta dama di compagnia.

Fece per aprire il guardaroba, quando Alphonsine, come rispondendo a un meccanismo segreto inserito nella serratura, comparve nella stanza.

– Via quella smorfia, mademoiselle!

– È solo fame, Alphonsine! Dacci subito qualcosa da mangiare, ti prego!

– E via quel modo assurdo di parlare al plurale! In quante pensate di essere, lì dentro, eh?

Se tutte le nostre mezze vite potessero parlare, Alphonsine! Se solo potessero!

– Comunque, ecco qua! – aggiunse Alphonsine, levando da sotto le vesti un fazzoletto di lino che conteneva una brioche calda appena uscita dalle cucine del re.

La cerimonia del lever

– Tu sei un angelo!
– E voi un diavolo, contessina! State ferma, su!

Tra un boccone e l'altro Blanche si lasciò aiutare con il vestito, accettò di sedersi davanti alla luce della finestra e di farsi spazzolare i capelli.

– Piano, Alphonsine! Piano! – si lamentò la ragazza a ogni colpo vigoroso, desiderando avere una seconda brioche da mettere sotto i denti.

– Lasciate che li sistemi, madamigella! Non possono restare quelli di ieri sera!

Blanche si limitò a stringere forte i denti, sperando che la cura e la sottile vendetta di Alphonsine finissero il prima possibile. Cercò di concentrarsi sui tetti che vedeva allungarsi fuori dalla finestra, fino alle chiome degli alberi lungo la Senna.

– Tu hai mai viaggiato, Alphonsine?
– Viaggiato? Che sciocchezza è questa?
– Sì, voglio dire... fuori!
– State ferma! Fuori da cosa?
– Da qui! Da Parigi, dalla Francia... In mare, per esempio!
– Signore benedetto! Ma che cosa avete, dentro a quella bella testolina?
– Non avresti voglia di vedere il mare?

Capitolo IV

– Per carità! Di metà di quello che ho visto non vorrei nemmeno essere a conoscenza!
Blanche si voltò a fissarla.
– Segreti di corte?
Alphonsine la rimise dritta, restituendole però lo stesso sorriso. – Magari!
– E allora cosa?
– Ferma!
Finalmente l'anziana domestica raccolse sulla nuca i neri capelli della ragazza in un morbido chignon. Poi le porse uno specchio.
– Una chioma ribelle per una contessina ribelle...
– Ma perfettamente domata dalla più tenace delle fantesche – ridacchiò Blanche, alzandosi. La sua pancia mandò un lamento. – Faccio in tempo a passare dalle cucine, prima di correre dalla regina!
– Ma cosa dite? Non potete rischiare di arrivare in ritardo. La regina è la regina! – esclamò Alphonsine, scandalizzata. – Quello che potete fare, al massimo, è mangiare le altre brioche che vi ho lasciato sul vassoio, appena fuori dalla vostra camera!
– Alphonsine! Sei un vero tesoro! – esultò la ragazza, spalancando la porta.
– E anche voi, se solo vi fermaste un attimo per

La cerimonia del lever

accorgervene... – replicò la vecchia signora, quando Blanche si era ormai dileguata.

La camera della regina era già colma del suo *entourage*, una ventina di persone necessarie alla cerimonia del *lever*. Cioè della sveglia.
Paggi e valletti avevano portato le ceste ricoperte di taffetà in cui era ripiegata la biancheria regale. La sovrana, ancora in veste da camera, stava sorseggiando una tazza di cioccolata. Blanche scivolò attraverso la porta socchiusa e le bastò un'occhiata per capire che la regina era già annoiata. E che un po' si stava vendicando. La prima dama d'onore, accanto a lei, mascherava a stento l'impazienza, con le calze e le scarpe della regina Anna in mano. Le altre, Bernadette, Lucie e Charlotte, aspettavano solo un cenno. Charlotte aveva l'aria di chi ha dormito ben poco, ma non pareva per niente infelice. Anzi.
Intravedendo Blanche sul fondo della stanza, la regina si degnò finalmente di farsi vestire. La dama d'onore provvide alla camicia da giorno, mentre la dama d'Atour, a cui erano affidati guardaroba e gioielli, le infilò l'abito con gesti incredibilmente lenti.
E noi che ci lamentiamo di Alphonsine.
Blanche non avrebbe mai avuto quell'immensa

Capitolo IV

pazienza. E avrebbe sofferto incredibilmente ad avere addosso gli sguardi di tutte quelle persone.

La vestizione durò quasi venti minuti, al termine della quale la regina congedò i presenti dicendo, non appena le fu possibile farlo senza sembrare scortese: – Desidero rimanere qualche istante da sola.

Le dame presenti si piegarono in un inchino e si affrettarono ad accontentarla.

– Blanche, tu no. Potresti trattenerti ancora un istante? – domandò poi la sovrana.

– Certo, Vostra Maestà – rispose lei, con un grazioso sorriso.

Chiuse la porta in faccia alle occhiate delle altre dame e ci appoggiò la schiena contro, per tenerle ben lontane. Se fossero state frecce, la ragazza sarebbe stata coperta di ferite.

Il viso di Anna, però, era raggiante.

– E allora? – domandò, affrettandosi poi a mostrare a Blanche uno sgabellino accanto a sé. – Come te la sei cavata?

– Meglio del previsto, mia signora.

– L'ho visto, sì! L'ho visto! Bravissima!

– Non ho fatto niente di più di quello che mi avevate ordinato!

– Ma l'hai fatto! E lui? L'hai guardato in faccia?

La cerimonia del lever

– Era livido!
– Ribolliva di livore!
La regina si alzò in piedi e si sporse alla finestra che affacciava su Parigi.
– Ah, cosa darei per vederlo adesso, dopo una notte a domandarsi che cosa sia andato storto! Secondo me non ha chiuso occhio!
– Richelieu non dorme mai... – osservò Blanche. – Passa tutta la notte a scrivere ammonimenti e consigli al re...
La regina si voltò.
– Me l'ha confidato Jean, il suo segretario – spiegò Blanche.
– Povero ragazzo... Un giorno o l'altro dovremmo salvare anche lui dalle grinfie di quel demonio travestito da prete.
– Ho provato a parlargli, ma...
– È timido?
– Come la morte.
– Ascoltami, allora... – continuò Anna. – Torniamo ai nostri affari. Con tutte quelle mascherate, non abbiamo avuto modo di parlare dell'*altra* tua missione di ieri...
Blanche annuì, preparandosi a fare una buona relazione.

Oggi la cerimonia si preannuncia lunga. Non è vero, Vostra Altezza?

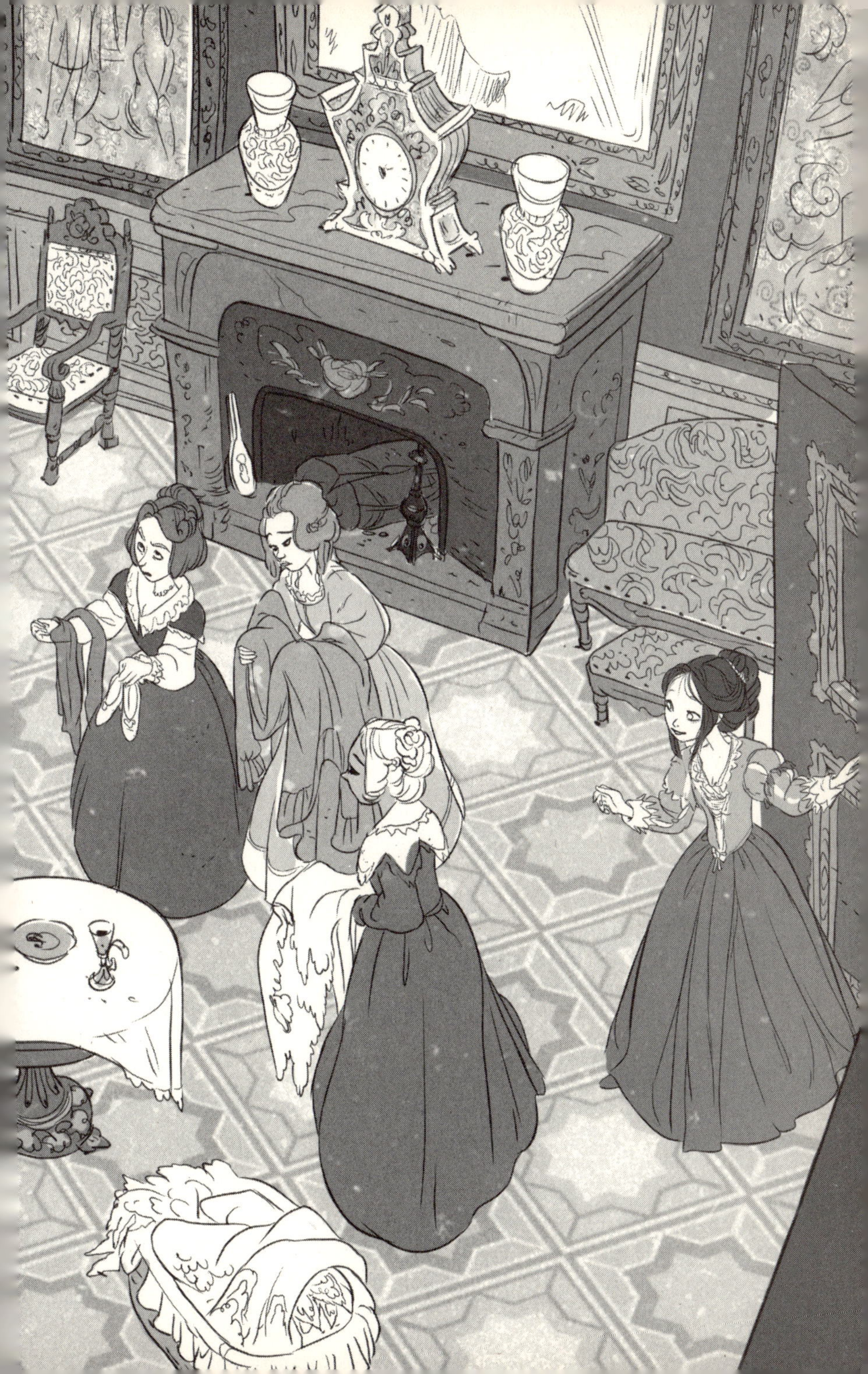

Capitolo IV

– Dunque?
– È come temevamo, purtroppo: monsieur de Marcigny è ricattato da Richelieu per una grossa somma di denaro e, pur di non doverla restituire, potrebbe farsi sfuggire il nome di alcuni "simpatizzanti" spagnoli in città.
– Potrebbe o si farà... sfuggire?
– È molto combattuto: è un convinto pacifista, e teme che ogni nome dato in pasto al cardinale potrebbe causare problemi, se non addirittura una guerra.

Gli occhi della regina vagarono sui soffitti affrescati, pensosi. – E... quanto è grande questa somma di denaro?
– Ottomila lire.

La regina sgranò gli occhi. Poi raggiunse il mobile da toeletta, aprì un portagioie e ne tirò fuori un paio di orecchini con due diamanti.

– Porta questi al gioielliere Favreux, e digli di darti in cambio ottomila lire e due pezzi di vetro che possano passare per autentici. Poi fai arrivare a monsieur de Marcigny un regalo da parte di un anonimo benefattore.

Blanche li prese in mano con timore e se li rigirò tra le dita con gli occhi che scintillavano.
– Sono bellissimi – mormorò.

La cerimonia del lever

– Ma la pace lo è molto di più – rispose Anna, con un sorriso. Poi tornò immediatamente seria. – Bada, però: il re non deve venire a saperlo per nessuna ragione al mondo. Ho già rischiato parecchi guai per degli sciocchi diamanti.

Blanche deglutì. Aveva sentito parlare molte volte dell'intrigo dei puntali di diamante. E sapeva, da terze persone, che anche sua mamma era stata coinvolta.

Per un attimo le venne voglia di chiedere alla regina quale fosse stato il ruolo di sua madre in quella faccenda, ma poi, come in tutte le altre occasioni, trovò più saggio ricacciare indietro la domanda.

– Sarà fatto – disse, riponendo le pietre in una tasca segreta del corsetto. – E poi, con il vostro permesso, vorrei andare a trovare qualcuno...

La regina attese alcuni secondi, prima di replicare: – Per quale ragione?

– Temo di essere fuori allenamento. *Ieri sera, per un pelo, non siamo precipitate in rue de l'Oratoire.*

– E scommetto che non vedi l'ora di raccontare del modo in cui hai ingannato il cardinale, vero?

– Di come lo *abbiamo* ingannato – puntualizzò la ragazza.

Capitolo IV

La sovrana allacciò le mani dietro la schiena.

– Prenditi i tuoi meriti, Blanche. E lascia pure alla regina quelli della regina. Noi due non...

La sovrana non terminò la frase, ma non serviva. Loro due non erano davvero unite. Era solo un accidente del destino. La regina era la regina, e Blanche era la più giovane delle dame del suo seguito, che per qualche motivo lei aveva scelto come sua spia. Una spia che se mai fosse stata scoperta, avrebbe potuto facilmente sparire e venire sostituita, senza che nessuno notasse il cambiamento.

– Permesso accordato – esclamò Anna, cambiando rapidamente tono di voce. – Fai solo attenzione che nessuno ti veda. Mai come ora dobbiamo essere prudenti.

La ragazza scattò in piedi e fece un profondo inchino.

– Avete la nostra parola.

Si accorse troppo tardi di aver parlato al plurale, come se, davanti ad Anna, ci fossero due diverse Blanche: quella al servizio di Richelieu e quella al servizio della regina.

Ma la sovrana, per fortuna, non ci badò.

O, forse, ci era semplicemente abituata.

CAPITOLO V

LA LOCANDA
LE LAPIN NOIR

Blanche uscì dal Louvre a testa alta, i gioielli nascosti nel vestito e una spada sottile sotto la mantella. La abbassò subito dopo, non appena calcò l'acciottolato. Si era alzato un freddo vento autunnale. Fece in modo di passare alla larga dal Palais Cardinal, il palazzo dove abitava Richelieu e che si trovava a un solo isolato di distanza dal Louvre, e di non incrociare nessuna delle sue guardie personali. Tenne il volto abbassato e il cappuccio della mantella calato sulla fronte, quanto bastava a sembrare una qualunque ragazza di strada. La bottega di Favreux si trovava in rue du Temple e, come tante botteghe artigiane, aveva la porta sprangata, a cui bisognava annunciarsi.

Blanche si levò il cappuccio per farsi riconoscere, poi attese che il gioielliere facesse scattare i pesanti meccanismi della serratura.

– Quali buone notizie mi portate, ragazza mia? – la salutò l'ometto, una volta che l'ebbe richiusa alle sue spalle. – Come sta la nostra amata sovrana?

– Molto bene, monsieur Favreux! Le porta questi!

Il negozio era minuscolo e luminosissimo, eretto come un piccolo fortino attorno al tavolo di lavoro, su cui erano allineati gli strumenti da taglio: lenti, occhiali e scalpelli.

La locanda Le Lapin Noir

Il gioielliere prese gli orecchini e li adagiò su un drappo di velluto rosso, girandoli poi alla luce con due pinzette.

– Novemila lire? Novemila lire? – si lamentò un paio di volte, come spesso faceva.

Coraggio, se conosciamo la regina, valgono almeno il doppio.

– E due copie decorose – disse Blanche.

– Quanto tempo ho?

– L'intera mattinata?

Il povero Favreux sgranò gli occhi. – Mi volete morto! Per imitare questo taglio mi servirà almeno una settimana!

– Posso tornare domani.

– Voi mi offendete. Riprendeteveli!

– È quello che devo rispondere alla regina?

Favreux masticò a vuoto un paio di volte.

– Cinque giorni. E nessuno si accorgerà della differenza.

– Tre. E nessuno saprà mai che li ho portati qui.

Il gioielliere annuì cupo, e restò a guardare i due diamanti, come per coglierne una qualche personale ispirazione.

– Le novemila lire – gli dovette ricordare Blanche.

L'uomo si scusò, scostò il tappeto, aprì una bo-

Capitolo V

tola, poi un bauletto, e infine gliele contò una per una, come se fosse sotto tortura.

Blanche non si scompose. Infilò ottomila lire in una busta che sigillò subito dopo e nascose il resto in una taschina della mantella, tirandosi poi su il cappuccio.

Sfiorò l'elsa del fioretto nel suo fodero invisibile, salutò Favreux, a cui sembrava avessero cavato tre denti, e tornò in strada.

Si orientò tenendo a vista il cantiere di Saint-Sulpice, evitando le strade più grandi e le carrozze più veloci e, in una ventina di minuti, raggiunse l'abitazione di monsieur de Marcigny.

Di giorno le parve molto meno spaventosa della sera precedente. L'edera rampicante che ne ricopriva la facciata aveva ancora i segni della sua recente scalata. Valutò se ripeterla ed entrare un'altra volta dalla finestra dello studio o se passare, questa volta, dalla porta principale.

Bussò.

– Ho una lettera da recapitare immediatamente a monsieur de Marcigny... – ordinò al servitore che le aprì.

– Chi vi manda? – le chiese lui, non appena sentì il peso della busta.

La locanda Le Lapin Noir

Blanche lasciò che il servitore intravedesse appena la sua espressione divertita da sotto il cappuccio. – Gli dica che è da parte di una comune amica.

Poi, senza aspettare risposta, si voltò e corse via. Si fermò solo quando fu dietro l'angolo, in tempo per vedere la finestra dello studio di monsieur de Marcigny spalancarsi e la sua faccia appuntita guardare in strada alla ricerca di quel misterioso benefattore.

Questo è il prezzo per il tuo silenzio. Mi raccomando, adesso. E viva la Spagna.

Poi il campanile rintoccò il mezzogiorno.

Blanche tornò al fiume, lo passò di slancio e si infilò nel dedalo di vicoli del Marais, fino alla grande place Royale di Enrico IV, che attraversò in direzione della campagna. Proseguì lasciandosi via via alle spalle i palazzi importanti, con una progressiva sensazione di libertà che assaporò del tutto quando vide le prime distese di campi coltivati.

E l'insegna della locanda del *Lapin Noir* che sventolava pigramente nel vento freddo. Le bastò udire quel cigolio così famigliare per sentirsi quasi a casa.

Capitolo V

Errore.
Non ce l'abbiamo, noi, una vera casa.
– Ma guarda un po' chi si vede! – esclamò infatti una voce. – La famigerata Blanche de la Fère!

A parlare era stato un giovinastro di bell'aspetto, con i ricci castani e scarmigliati, un fioretto in mano e la divisa blu degli apprendisti moschettieri.

– E scommetto anche che non è innocua come vuole fare credere... Che cosa porta, sotto quella mantella?

Per tutta risposta, lei estrasse il fioretto dal fodero segreto.

Oh, Marcel!

– Che tempi sono questi, in cui un moschettiere apostrofa in tal modo una fanciulla per strada? – replicò.

Il ragazzo le si avvicinò. Superava Blanche di un paio di teste e aveva le spalle due volte più ampie.

– Sentite il veleno della Vipera della Senna! Una fanciulla, si definisce! In guardia, de la Fère!

– Attento a te, moschettiere!

Le due armi si incrociarono con un suono cristallino. Poi i piedi danzarono sulla terra battuta. Il ragazzo era forte, i suoi affondi efficaci, Blanche

La locanda Le Lapin Noir

più rapida e leggera. Soprattutto era infinitamente più astuta di lui.

Dobbiamo continuare a muoverci e farlo stancare.

Ma non era facile.

La ragazza scartava e arretrava, ma quell'altro scartava altrettanto bene e incalzava, spingendola contro il muro e contro i barili vuoti della locanda.

Ci serve un diversivo, Blanche.

Con un gesto fulmineo, diede un calcio a uno dei barili, che traballò e rotolò a terra, proprio nella direzione del giovane moschettiere.

– Prevedibile! – esclamò lui, e lo saltò con un solo balzo. Il barile continuò a rotolare lungo la strada e si infranse contro un muro lontano.

– Che accidenti succede? – richiamò una voce.

I due si fermarono all'istante. Riposero rapidissimi le armi e, l'attimo successivo, lungo la strada che portava ai campi, comparve un uomo alto, dalla pelle olivastra, con una cicatrice sulla fronte là dove un colpo di arma da fuoco lo aveva mancato per un soffio.

Era Rochefort, il braccio armato di Richelieu, il suo uomo più fidato. Era davvero insolito trovarlo molto al di fuori delle sue zone di competenza.

Capitolo V

– Contessina de la Fère, che ci fate qui? – domandò Rochefort, non appena la riconobbe.
Blanche si sentì afferrare subito alla gola.
E dovette lottare con l'istinto di scappare.
Ma era troppo tardi.
Era stata vista.
Davanti al *Lapin Noir*, la *loro* locanda.
E in compagnia dell'apprendista di d'Artagnan.

CAPITOLO VI
IL CONTE DI ROCHEFORT

La domanda era ancora in mezzo a loro, sospesa nell'aria.

"Contessina de la Fère, che ci fate qui?"

La ragazza prese un profondo respiro.

Dobbiamo continuare il duello, Blanche. Ma questa volta con le parole.

– Oh, signor conte di Rochefort! Che piacere! Potreste spiegare a questo galante moschettiere che non ho bisogno della sua scorta? – sospirò calcando la parola "galante" con un'espressione seccata.

– Scorta? – si stupì Rochefort. – Per andare dove?

– Agli orti – rispose Blanche senza alcuna esitazione. – E poi tornare al Louvre.

Rochefort osservò prima i campi aperti e poi il fasciame del barile che era appena rotolato davanti ai suoi piedi.

– E questo? – domandò.

– Un incidente! – rispose Marcel.

– E per quale oscura ragione la regina vi avrebbe mandato agli orti?

– Per la stessa oscura ragione per cui ci state andando voi, presumo – replicò Blanche. – Per mangiare verdura fresca?

– Non mi pare che l'abbiate presa, però... – notò il conte di Rochefort.

Il conte di Rochefort

– Perché per l'appunto ancora non sono riuscita ad andarci. E questo ci fa tornare all'inizio della nostra conversazione: il nostro giovane moschettiere.

– Apprendista – la corresse Marcel, davvero di poco aiuto.

La ragazza si trattenne dal trafiggerlo con il suo fioretto e ricominciò, vagamente esasperata: – Questo giovane *apprendista* moschettiere si è offerto con tale insistenza di scortarmi che ho dovuto scartarlo in malo modo tanto da fargli urtare un barile e... il resto ormai lo sapete!

– E a cosa si deve tutta questa insistenza, giovane apprendista? – proseguì Rochefort spostando il suo pungolo su Marcel.

Forza, ragazzo. Fai vedere che non sei solo bello e rapido con le stoccate.

Marcel si schiarì la gola. – Ehm...

Forza!

– A nulla in particolare. Ho visto Blanche, volevo dire, mademoiselle de la Fère e ho pensato... ho pensato...

Mentre parlava, Marcel arrossiva. E Blanche si domandava che cosa poteva fare per lui. Ma non c'era niente che potesse fare, a parte aspettare e

Capitolo VI

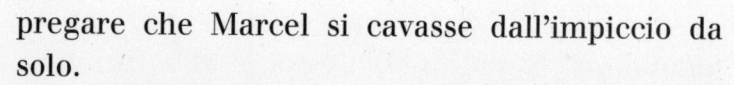

pregare che Marcel si cavasse dall'impiccio da solo.

– ...ho pensato: che cosa ci farà mai, qui, una dama della regina?

– E dunque? – indagò Rochefort, con piglio inquisitorio.

– E dunque la regina deve avere molto a cuore questa giovane donna, se ne ha fatto una dama del suo seguito. E poiché io sono un apprendista moschettiere del re e quindi anche della regina, che cosa di meglio potrei apprendere, che non sia averla anche io a cuore? Perché ce l'ha a cuore la regina, beninteso... E quindi ho pensato di offrire la mia spada come scorta alla contessina in queste strade di campagna, perché non si sa mai che brutte facce si possono incontrare in giro...

Però.

Se era un complimento, quello che Marcel le aveva appena fatto, era uno dei più contorti che avesse mai ricevuto. A ogni modo, data la velata allusione finale ai brutti incontri, gli occhi del conte fiammeggiarono, perché fra gli uomini del cardinale e i moschettieri, che prendevano ordini solo dal re, non correva buon sangue.

Il conte di Rochefort

Anche il ragazzo se ne rese conto, ma evidentemente era proprio ciò che intendeva dire, e continuò ad avvampare, senza però aggiungere nemmeno una parola.

Era la più classica situazione di stallo.

La risolse Rochefort, spazientito.

– Levati di torno, moschettiere. Accompagnerò io la contessina agli orti, e poi al Louvre. Si dà il caso che stessi andando proprio lì.

Come no. Aiuto, Marcel!

– Ma certo, e parlando di brutte facce, – sospirò Marcel, infilandosi il cappello su cui, una volta diventato moschettiere, avrebbe potuto infilare la piuma – non posso immaginare scorta migliore di voi, conte di Rochefort. La contessina de la Fère sarà al sicuro come non mai. E buona giornata a entrambi!

I due ragazzi ebbero il tempo di una singola occhiata.

"Devo seguirti?" diceva quella di Marcel.

"No, va tutto bene" rispondeva quella di Blanche.

Ma era, con buona probabilità, una bugia bianca.

Poi si congedarono, e la ragazza raggiunse Rochefort.

In guardia, moschettiere! Attento a te!

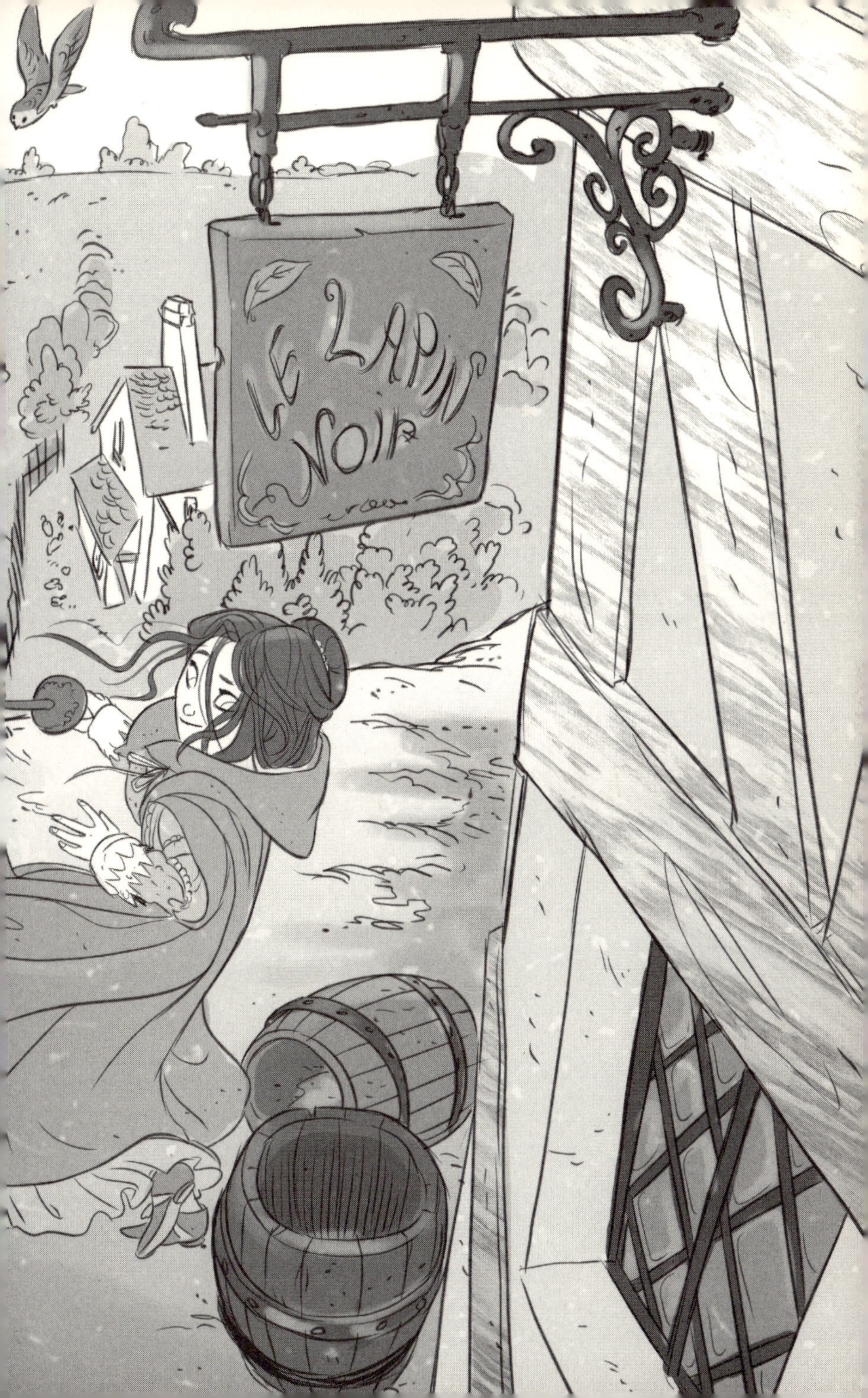
LE LAP
NOIR

Capitolo VI

– E quindi, contessina? – le sibilò l'uomo del cardinale. – Da dove iniziamo? Bietole, cavoli, melanzane o...

– Topinambur – rispose Blanche, senza alcuna esitazione.

– Topinambur?

– Ordini della regina – sorrise la giovane dama di compagnia.

CAPITOLO VII

UN CESTINO DI TOPINAMBUR

Al successivo rintocco di campane, Blanche sedeva nell'anticamera dell'ufficio del cardinale Richelieu, con il suo cestino di topinambur o, come erano più conosciuti a Parigi, carciofi di Gerusalemme, e stava riflettendo sul perché si chiamassero così, e su come fosse quella città tanto lontana. Attraverso la fessura della porta socchiusa si sentiva il cardinale tuonare tutta la sua rabbia.

– Vi ho detto di pattugliare le campagne! E ogni singola bettola! Dovete catturare questo Giglio Scarlatto! Ha rubato i candelabri d'oro della cattedrale! Quelli che avevo ordinato di guardare a vista!

La porta venne sbrigativamente chiusa dall'interno mentre la sfuriata continuava, e Blanche non riuscì a cogliere tutto il resto della conversazione, anche se quello che aveva sentito le bastò.

Non lo hanno ancora preso, quindi.

Il Giglio Scarlatto era il soprannome del ladro che si diceva fosse arrivato a Parigi. A sentire i racconti e le dicerie, era una specie di fantasma, un essere inafferrabile eppure elegantissimo, che compariva nelle camere da letto e fuggiva sui tetti dopo aver pronunciato cose galanti in cambio di preziosi e gioielli. Anzi, a dirla tutta, le cattive

Un cestino di topinambur

lingue sostenevano che, da quando era stato visto in città, le signore avessero dato ordine di lasciare molte più finestre aperte del solito, nella speranza di essere galantemente derubate. Ma quelle, ovviamente, erano solo le basse insinuazioni del popolo di Parigi.

Quando la porta dello studio si riaprì, fu per farne scivolare fuori il torvo capo delle guardie del cardinale, il fedelissimo Rochefort. E a poco altro. Attraversò l'anticamera visibilmente indispettito, curvo come un levriero, a caccia di aria fresca.

Decisamente, non era un buon momento per far visita al cardinale.

– Contessina Blanche de la Fère! Potete entrare! – annunciò subito dopo il giovane Jean, il segretario del cardinale, apparendo sulla soglia con la sua solita faccia da coniglio pronto a essere arrostito.

Blanche gli schioccò un bacio silenzioso, cosa che quasi lo fece svenire. In qualche modo riuscì comunque a tenerle la porta e a scivolare fuori non appena lei fu entrata.

Ed eccoci qui, alla fine.

Il cardinale fissava fuori dalla finestra, con le mani incrociate dietro la schiena, in una involontaria replica della posizione con cui la regina le

Capitolo VII

aveva parlato quella stessa mattina. Era così che combattevano, d'altronde. Lei guardava lui, lui guardava lei, e architettavano le loro mosse come due giocatori di scacchi, sulla scacchiera del regno.

Il suo studio trasmetteva tensione in ogni dettaglio. La scrivania era ingombra di carte e appunti. La divisa da battaglia del cardinale era appesa sopra un manichino. I due paesaggi alle pareti erano due pozze nere da cui sbucavano alberi contorti.

– Avete trovato verdura fresca? – le domandò il cardinale, senza voltarsi a guardarla.

– Solo se mi sarà permesso tornare a corte prima di sera – rispose la ragazza.

Sentì le sue parole farsi pesanti, grattare via la polvere dello studio, calare in mezzo a loro come un sudario.

Abbiamo osato troppo, Blanche?

– Il nostro compito è servire con attenzione, contessina, non dare risposte insolenti... – commentò Richelieu, con voce tagliente. – Ma forse non avete ben compreso servire *chi*, esattamente. Il re, la regina? O qualcosa di più grande?

Richelieu?

– Dio. E la Francia.

Un cestino di topinambur

Richelieu voltò appena il capo. – La Francia è il re, non la regina.

La giovane si morse il labbro. Provò a sostenere il suo sguardo, ma non ci riuscì. E ribattere ulteriormente non sarebbe servito a nulla. Si rifugiò nelle geometrie ombrose del tappeto, con il cuore che batteva sempre più forte.

– Dimmi, Blanche: hai forse riferito alla regina qualcosa del nostro piano?

Ci ha scoperte? E come? No. Non può saperlo.

La ragazza deglutì, paralizzata dall'irrazionale timore che l'uomo potesse leggerle dentro.

Ma non puoi farlo. Non puoi. Non puoi.

– No, Eminenza – rispose. – Quando la regina si è assentata dal salone del ballo, non potevo prevedere che avrebbe usato quei pochi istanti per cambiarsi d'abito.

Il cardinale abbandonò la finestra e le si avvicinò senza dire altro. Poi le girò attorno, ancora senza parlare.

Non puoi.

– Prevedere era il tuo compito. E hai fallito, quindi – sibilò, secco.

– Non è vero... – si lasciò scappare la ragazza, zittendosi subito dopo.

*Ci ha scoperte?
E come? No.
Non può saperlo.*

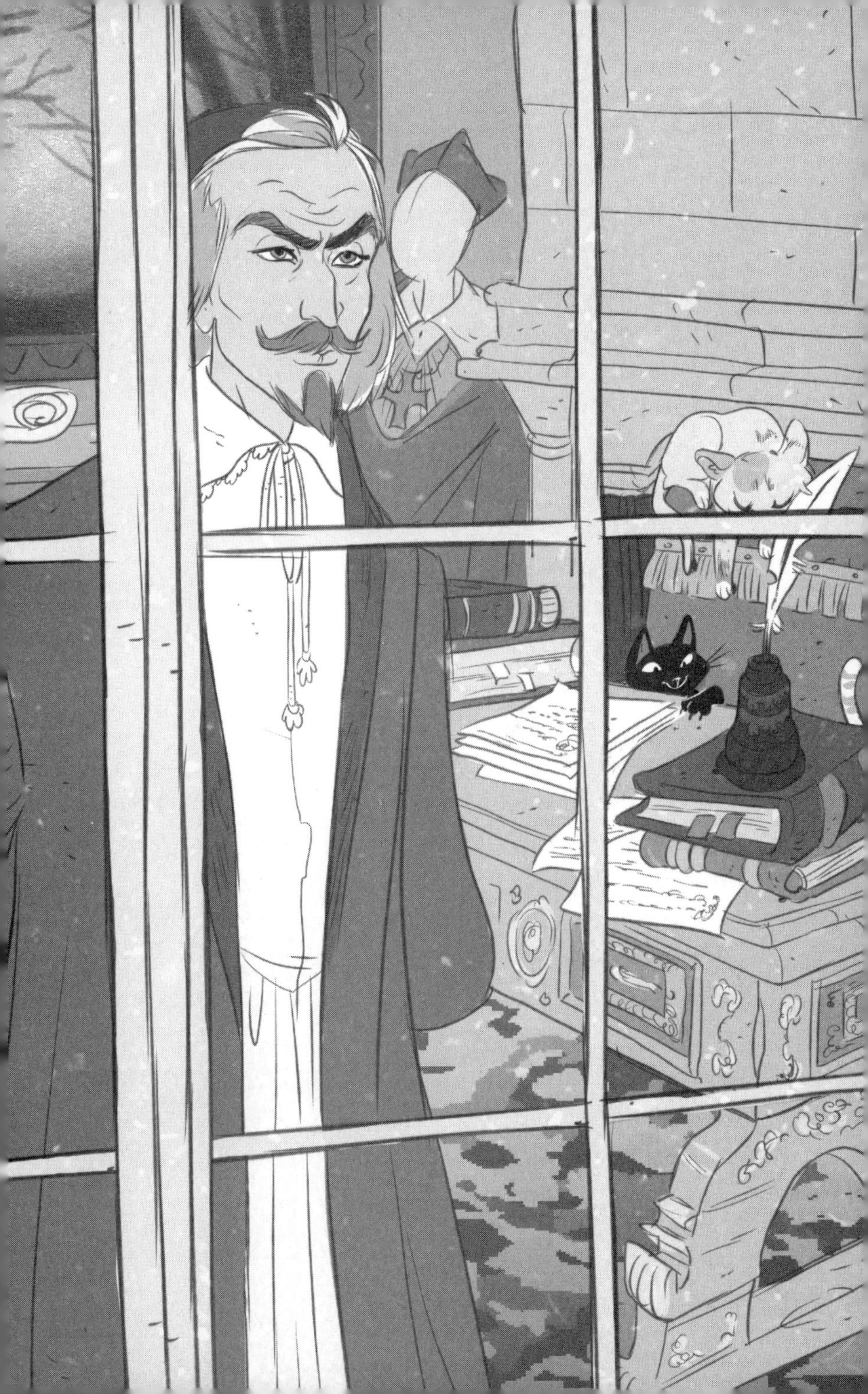

Capitolo VII

Il lungo dito di Richelieu le si appoggiò sotto la punta del naso, costringendola ad alzare lo sguardo.

– Preferisci pensare che abbia fallito io?

Blanche strinse i denti, e sussurrò: – No, Vostra Eminenza.

– Tu non sei tua madre.

Un brivido si arrampicò lungo la schiena della ragazza. Sua madre, la famigerata Milady de Winter, spia e traditrice della corona. La donna di cui suo padre si era innamorato e di cui non le aveva mai voluto parlare. Come nessun altro. In nessuno dei posti dove era stata costretta a vivere.

No, Blanche non è nostra madre.

– Rimedierò ai miei sbagli – rispose, invece, incontrando gli occhi scuri del cardinale. Restarono così per un tempo che a lei sembrò insopportabilmente lungo.

– Hai il suo stesso sguardo – concluse Richelieu.

E il cuore di Blanche fece una capriola, nonostante cercasse di rimanere impassibile. L'immagine di sua madre era un fantasma inafferrabile, un ricordo che continuava a sfuggirle, una moneta senza facce e senza croci.

– Ma devi dimostrarmi una volta per tutte di

Un cestino di topinambur

possedere anche la sua stessa abilità... – continuò Richelieu.

Le passò un biglietto su cui era scritto un indirizzo.

– Mandalo a memoria e poi distruggilo.

Blanche lo fece.

Hostellerie du Chevalier, *rue du Faubourg*.

– Chi devo andare a incontrare?

– Non tu. La regina.

Richelieu tornò a concentrarsi sulla vista dalla sua finestra.

– È dove alberga l'ambasciatore Haderslev. Fai in modo che la regina lo incontri una seconda volta. Pensi di poterci riuscire, almeno ora?

La ragazza annuì.

Non lo capirà mai, vero, cardinale, che possiamo fare molto di più?

– Non ho sentito.

– Ho detto: sì, Eminenza.

Poi Blanche uscì dallo studio di Richelieu e inciampò nel cestino, rovesciando ovunque i piccoli carciofi di Gerusalemme.

CAPITOLO VIII

UNA BLANCHE CONTRO TUTTI

Blanche aveva tanti *noi* dentro di sé per bilanciare tutti quei *loro* che c'erano fuori. Richelieu con Rochefort e i suoi fedelissimi; la regina, con la Spagna e la sua solitudine da straniera. Le dame e la servitù del palazzo reale. Alphonsine e l'infinità di orari e precetti che doveva seguire. Per loro. Marcel e i moschettieri. Haderslev e gli altri ambasciatori del mondo. Erano tutte persone che vivevano di tanto in tanto insieme a lei o, meglio, che stavano con lei ogni volta che lei si spostava, ma che, con altrettanta ostinazione, rimanevano sempre lontano, proteggendosi a vicenda. Come se, in fondo in fondo, fosse colpa sua. Anche suo padre, il conte de la Fère, era uno dei tanti *loro*. Lui e i suoi inseparabili amici: un gruppetto di smargiassi avventati e rissaioli, uno dei quali, di tanto in tanto, si degnava di darle lezioni di scherma. Ma pur sempre restando uno di *loro*.

Blanche cominciava a faticare a restare in equilibrio tra tutti i suoi ruoli: figlia, dama di compagnia, confidente, spia, semplice ragazzina invaghita di un giovane moschettiere o, meglio, di un *apprendista* moschettiere, spadaccina e chissà quanti altri ruoli erano necessari per... per cosa, poi?

Perché qualcuno le volesse bene?

Una Blanche contro tutti

Sciocchezze.

Blanche era più che mai determinata a non farsi schiacciare dai brutti pensieri, ma doveva ammettere che, con la nuova richiesta del cardinale, era impossibile non sentirsi quantomeno in difficoltà.

E la regina non sembrava più confidente di lei: famosa per il suo vivace appetito e la sua passione per i pranzi sontuosi, che si faceva servire nel primo pomeriggio secondo la moda spagnola, quel giorno, però, aveva appena piluccato dai grandi piatti stracolmi di selvaggina, e non aveva nemmeno toccato i pasticcini.

Attendevano, entrambe, di avere un momento libero per poter parlare. Che arrivò alla fine del pranzo, quando la grande tavola non era ancora stata sparecchiata e le dame uscirono a passeggiare in giardino.

– E pensa davvero che tu ti limiterai a eseguire l'ordine, senza domandarti che cosa succederà... dopo? – domandò infine la regina.

– Mi vede solo come una ragazzina, Maestà. E ai ragazzini si danno ordini. Tutto qui.

– E le donne si danno in pasto ai mariti gelosi! Non importa che siano sguattere o regine! – esclamò la

Non lasciamoci schiacciare dai brutti pensieri, Maestà...

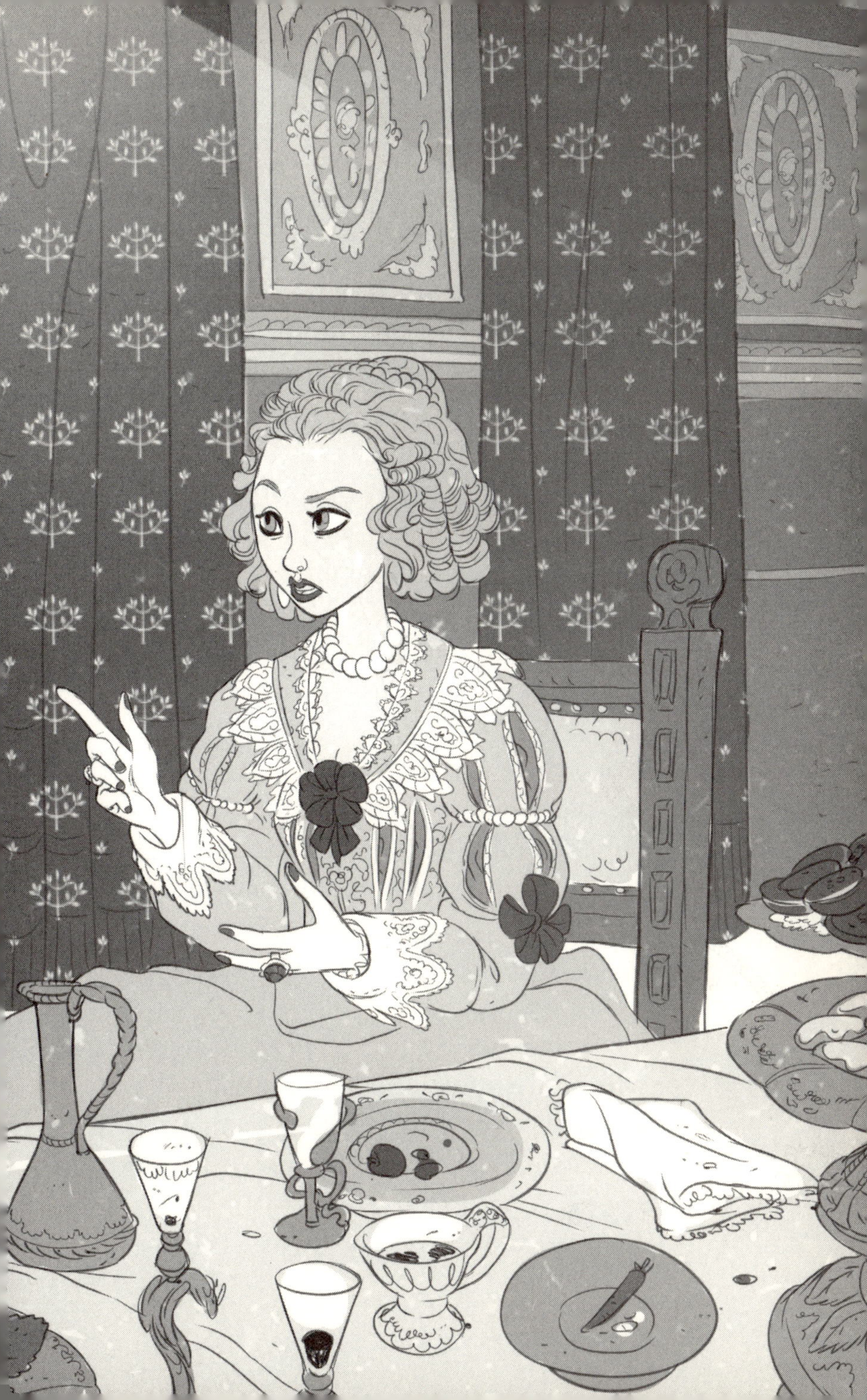

Capitolo VIII

sovrana, furibonda. Poi, all'improvviso, scoppiò a ridere. – Ottuso cocciuto e ostinato che non sei altro! La tua incapacità di prevedere i ragionamenti femminili ti schiaccerà, alla fine, parola di Anna! Dunque, cosa si aspetta che tu mi convinca a fare?

– Un viaggio in carrozza all'*Hostellerie du Chevalier*?

– Con tutto il mio seguito, magari?

Blanche dovette ammettere che aveva davvero poco senso. Riprovò: – Un appuntamento segreto, qui a palazzo?

– Già meglio. Tu vai a chiamare l'affascinante svedese... io mi preparo... lui si dichiara... e sul più bello...

– Arriva il re.

– Come nel salottino verde.

– Ma questa volta senza Charlotte.

– Charlotte è da escludere. Povera figlia! Va in giro a dire che presto partirà per la Svezia! Non sa nemmeno da che parte cercarla sulla cartina!

– E quindi?

– Siamo in gabbia. Se tu non porti Haderslev o se non riesci a persuadermi, il cardinale si convincerà una volta per tutte che non sei in grado di eseguire i suoi ordini e smetterà di servirsi di te.

Una Blanche contro tutti

"Non sei tua madre..."

– Ma non smetterà di tramare contro di me, senza che io abbia più nessuno che mi avvisi o mi protegga... –. La regina posò una mano su quella di Blanche per accarezzarla, ma la ragazza, che non si aspettava quel contatto, la ritrasse spaventata.

"Ma hai i suoi stessi occhi."

Blanche prese un profondo respiro e disse: – E il re potrebbe addirittura muovere guerra alla Svezia! O alla Spagna...

Sul viso della regina Anna era comparsa una leggera espressione rammaricata. Recuperò la mano e se la strinse in grembo, annuendo.

– Sì, il re potrebbe anche farlo.

Fuori, le dame ridevano mentre il sole autunnale baciava le ultime rose. I pasticcini avevano un che di stantio.

– Forse un modo c'è – disse Blanche a un certo punto, alzandosi in piedi e ripiegando il tovagliolo sulla tavola, mentre un'idea ancora un po' sfuggente iniziava a farsi strada tra le altre.

– Quale?

– Se noi organizziamo l'appuntamento, se io vado all'albergo e faccio segretamente arrivare l'ambasciatore a palazzo, come vuole il cardinale,

Capitolo VIII

sembrerà che io abbia eseguito bene la parte che mi ha assegnato...

– Ma a quel punto il re... – la regina cambiò la frase che stava per dire, intuendo dove voleva arrivare Blanche – non riuscirà a raggiungerci.

– Esatto. Perché creeremo un diversivo.

– E che cosa potrebbe impedire al re di fare ciò che vuole, nel suo palazzo?

– Che cosa... o chi?

CAPITOLO IX

MARCEL, APPRENDISTA MOSCHETTIERE

Blanche si staccò dal corteo delle dame in passeggiata senza che nessuno le badasse. Si infilò tra le siepi labirintiche e poi lungo le aiuole curate dai migliori giardinieri italiani. Il re in persona di tanto in tanto si dilettava di floricoltura.

Se siamo fortunate, è ancora lì.

In fondo ai giardini, a ridosso delle mura e lungo il vialetto che portava alle cucine c'era un piccolo orto di piante aromatiche dove le piaceva perdersi nel profumo del rosmarino, della salvia e della melissa, che la riportavano a quando divideva la sua infanzia fra l'orto e i boschi del Berry. Era lì che sorgeva la tenuta di suo padre, un luogo idilliaco e fuori dal tempo, protetto da tutto e da tutti da quella stessa coltre di profumi. Si strofinò una foglia di salvia fra le dita per assaporarne a pieno la fragranza, poi attraversò l'orto, superando dall'altra parte il cancelletto che lo divideva dalla caserma dei moschettieri.

Si diresse alle stalle e, come aveva immaginato, eccolo lì, di nuovo in punizione.

Speriamo non per colpa nostra.

– Marcel! Contavo di trovarti qui.

Stava strigliando un bel cavallo bigio, e si era

levato la camicia di ordinanza. Le bretelle pendevano a lato dei pantaloni.

– De la Fère!

Blanche si appoggiò al portone della stalla. – Devi sempre chiamarmi così? Sia il cardinale sia Rochefort sono al Palais Cardinal, e non ci daranno fastidio...

– Quella faccia da olivastro... –. Marcel strinse la spugna e la passò con rabbia sulla schiena del cavallo. Poi aggiunse, senza guardare Blanche: – Mi dispiace per ieri. Avrei preferito mille volte affrontarlo a duello, piuttosto che lasciarti andare con lui...

– E avresti perso.

– Ma non l'onore.

– Preferisco un amico vivo che uno morto con onore...

Il volto del giovane moschettiere si imporporò in quel modo così caratteristico che lui non riusciva a controllare, ma Blanche fece finta di non notarlo. – Abbiamo bisogno di te... – disse, invece. – Io e... la regina.

– Di me? E di cosa mai potrebbe avere bisogno, la regina, dall'ultimo degli apprendisti della guardia del re?

Capitolo IX

– Non sei affatto l'ultimo. E lo sai bene.
Marcel posò la spugna nel catino. – Capito. Quindi non è di me che avete bisogno, ma del mio maestro, d'Artagnan.
– Forse – ammise la ragazza. Poi si sporse a guardare al di là del cavallo.
– Puoi parlare. Ci sono solo io.
– Mi risulta che, questa sera, ci sia un'esercitazione del corpo dei moschettieri...
– Così è. Con tutta la guardia schierata, a partire da Tréville. Ci saranno giochi e combattimenti notturni. Cariche a cavallo tra le torce ardenti e...
– E tu parteciperai a questa danza di pavoni?
Marcel si rabbuiò all'istante. – Non ho ancora il patentino da moschettiere, Blanche. E lo sai bene.
– Magnifico. Era esattamente quello che speravo!
– Grazie tante! – protestò Marcel. – Sono felice che la mia carriera ti stia a cuore!
La ragazza gli si avvicinò. – Ho bisogno di organizzare un diversivo...
– Un cosa?
– Puoi farlo per noi?
– Fare c-cosa? – balbettò il giovane moschettiere, a una ciocca di distanza dalla punta del naso di Blanche.

Marcel, apprendista moschettiere

Poi il cavallo soffiò dalle froge, costringendo entrambi a cambiare posizione e a cercarsi con lo sguardo vagamente imbarazzato.

– Ho bisogno che tu faccia una sola cosa, ma esattamente nel modo in cui te la sto per dire. Ed esattamente nel momento giusto.

Restiamo sul semplice, Blanche. Nessun dettaglio. Nessuna spiegazione più del necessario.

– Hai sentito parlare del Giglio Scarlatto?

CAPITOLO X
UNA SPIA PER LA REGINA

Chissà perché, ma per l'ambasciatore di Svezia si sarebbe aspettata una sistemazione un po' più di livello. E invece *l'Hostellerie du Chevalier* era una di quelle anonime locande con le travi nere e le pareti bianche, i cavalli impastoiati sul davanti e le carrozze su cui sonnecchiavano i cocchieri dei vari commercianti lasciate all'ombra di due grandi tigli.

Si sentiva il mormorare dell'acqua, e questo era bello.

L'ambasciatore Haderslev, seduto al tavolo come un qualsiasi avventore, non smetteva di sorriderle, e questo era molto meno bello.

– E così ha chiesto di vedermi?

– Sì, messere – rispose Blanche, sperando di essere abbastanza credibile. – Questa sera stessa.

– E perché mai?

– Perché il re e l'intero apparato di corte saranno ad assistere all'esercitazione dei moschettieri... – continuò la ragazza, con la voce che le tremava.

Il volto dell'ambasciatore si illuminò. – Naturalmente!

– Quanto accaduto durante il ballo è stato un terribile malinteso... – aggiunse Blanche.

– Non poi così terribile, alla fine – sorrise l'ambasciatore. Poi, rapido, si alzò. – Immagino che possiate attendere che mi prepari...

– Niente di vistoso, per carità – sussurrò Blanche. – La carrozza è qui fuori. Vi aspetto.

E così fece, torturandosi poi le mani nell'attesa.

Riepilogò ogni cosa, e le parve di avere fatto tutto: il cardinale aveva ricevuto un biglietto con l'orario e il luogo dell'appuntamento segreto. E parata dei moschettieri o meno, avrebbe fatto in modo di portare il re agli appartamenti della regina. E a quel punto Marcel...

Lo sportello della carrozza si spalancò.

– Andiamo! – disse l'ambasciatore, salendo accanto alla ragazza.

Lei diede l'ordine al cocchiere, abbassò le tendine e si sforzò di apparire meno agitata di quanto invece non fosse. Dovettero fare qualche giro in più del necessario, date le strade che i moschettieri avevano transennato per la loro parata, ma arrivarono comunque senza intoppi davanti a una delle entrate di servizio del palazzo.

– Il mantello... – ordinò Blanche e, non appena l'ambasciatore si fu coperto il viso, lo scortò lungo il corridoio e poi su per una scaletta, orientandosi nella fitta maglia dei disimpegni senza incontrare nessuno.

Capitolo X

Infine, entrarono in una stanza completamente buia.

– Sedetevi e non fate alcun rumore – sussurrò Blanche all'ambasciatore, indicandogli una delle poltroncine la cui sagoma era appena distinguibile nell'oscurità. Poi scostò i tendaggi che conducevano a una seconda porta nascosta e la attraversò.

Alle sue spalle, Haderslev si sedette senza fiatare. Anna, invece, era in piedi davanti a lei, nel centro esatto della stanza attigua. Aveva congedato il suo seguito con la scusa del mal di testa e fissava la ragazza con uno sguardo pallido, ancora più spaventata di lei. Se Blanche giocava con il fuoco, era lei quella che rischiava di bruciarsi.

Si guardarono.

Coraggio. Funzionerà.

Senza il consueto chiacchiericcio a riempirlo, dall'appartamento reale si riuscivano a sentire in lontananza i moschettieri che marciavano agli ordini dei loro tenenti. E il galoppo dei cavalli che faceva vibrare i vetri.

Blanche annuì, pianissimo, per fare capire alla regina che l'ambasciatore era arrivato.

– Siete in leggero anticipo... – mormorò Anna. – Cosa gli dico? Che faccio? E se tenta di baciarmi?

Una spia per la regina

Era quasi divertente vedere così in difficoltà la donna da cui solitamente Blanche prendeva ordini, capace di architettare difese complesse ed elegantissime. Eppure non le venne da ridere.
– Parlategli. O rischiamo che mangi la foglia e se ne vada prima del tempo...
La sovrana annuì. – E va bene, andiamo a incontrare questo spasimante... – sussurrò, sistemandosi l'acconciatura e tamponandosi la fronte con un fazzoletto ricamato. – Ma tu vieni con me.
Blanche si precipitò a farle strada tra la coltre di velluto delle tende, fino allo studiolo in cui attendeva Haderslev.
– Vostra Altezza! – esclamò l'ambasciatore saltando in piedi appena le sentì avvicinarsi.
– Vostra Eccellenza... – rispose Anna, irrigidendosi.
Blanche tossicchiò, lanciando un'occhiata eloquente alla sovrana, che si sforzò di ammorbidirsi e di porgere la mano all'ambasciatore.
– Anna! Posso osare? Mi piacerebbe usare il vostro nome. Voi, se volete, potete chiamarmi Axel... – mormorò Haderslev, baciando per tre volte la mano della regina.

Capitolo X

Anna cercò di scostarsi, esclamando: – Vostra eccellenza, voi mi fate arrossire!

Lui si inginocchiò sul tappeto e domandò: – Posso farvi una richiesta?

Molto probabilmente no.

La regina fissò Blanche per intimarle di restare dov'era. – Domandate pure.

– È una richiesta di cui un po' mi vergogno… ma, poiché domani tornerò nella fredda Stoccolma, vorrei portare con me il vostro ricordo, in tutta la vostra bellezza.

Che cosa?

Blanche era a dir poco esterrefatta. Possibile che l'ambasciatore fosse così inopportuno? Posò la mano sullo spadino, più che mai decisa a usarlo al primo cenno della regina, anche a costo di mettere a repentaglio l'intero piano.

– Indossereste per me il Cuore del Regno? – domandò l'uomo.

La tensione nella camera parve sciogliersi all'istante.

– Se c'è una cosa al mondo che valorizza la bellezza di una regina, sono i suoi gioielli. E una dea come voi non può che sfavillare…

Blanche attese un cenno della regina, che le

Una spia per la regina

sembrò tutto sommato sollevata dalla richiesta, poi corse nella camera, raggiunse il portagioie che troneggiava sul mobile da toeletta e fissò la collana. Il rubino era gigantesco, color del sangue e con un perfetto taglio a cuscino. Era contornato da decine di piccoli diamanti incastonati in una montatura di oro bianco, che riflettevano la luce delle candele in mille piccoli bagliori. Blanche la prese con delicatezza, tornò rapidamente sui suoi passi e con ancora più delicatezza la allacciò al collo della regina.

– Meravigliosa! – convenne l'ambasciatore.

In quello stesso momento, dal corridoio si udì, lontana, la voce del re: – Non capisco perché mi avete fatto lasciare l'esercitazione dei moschettieri!

– È il re! – sussurrò Blanche.

La regina sussultò. – Dio del cielo!

L'ambasciatore si nascose tra i tendaggi.

– Andate via! – sibilò la regina, con ampi cenni del capo.

I passi si avvicinarono e, ora, sotto quella del re, si poteva udire anche la voce del cardinale Richelieu.

Adesso, Marcel, adesso!

Nello studio della regina tutti trattennero il fiato.

Capitolo X

Avanti, Marcel! Ora!

Il re si fermò dall'altra parte della porta e diede tre rapidi colpetti sullo stipite di legno.

– Sono il re! Aprite, mia cara!

La maniglia si abbassò.

Blanche chiuse gli occhi.

– Sono spacciata – sussurrò Anna, facendo altrettanto.

In quel momento nel corridoio si sentirono correre i tacchi di un moschettiere. O, meglio, di un apprendista moschettiere, e la voce di Marcel che urlava: – Sire, presto! Da questa parte! Abbiamo catturato il Giglio Scarlatto!

La maniglia tornò al suo posto.

– Dove? – esclamò Luigi XIII. – Muoviamoci, cardinale!

– No, sire... Tornate indietro... all'appartamento!

Ma il passo rumoroso e scomposto del sovrano che si allontanava indicò che Richelieu non era riuscito a convincerlo.

Ha funzionato.

Tutto quello che c'era da fare, ora, era far sparire l'ambasciatore.

– Presto, presto, fuggite! – disse infatti la regina, spingendo Haderslev verso l'uscita nascosta dello

Una spia per la regina

studio. – Andatevene, prima che il re decida di tornare!

Ma lui, questa volta, non si lasciò guidare tanto facilmente. Anzi. Se ne restò lì, torreggiando sulla regina con quel suo insopportabile sorriso.

– Andatevene, via! – ripeté la regina.

– Con vero piacere...

Con un gesto fulmineo, l'ambasciatore strinse le dita attorno al Cuore del Regno.

E tirò.

CAPITOLO XI

IL GIGLIO SCARLATTO!

...

L' urlo della regina si udì in tutto il palazzo.
– Ma che cosa fate? – balbettò Blanche, stupidamente.

L'ambasciatore spalancò la finestra dello studio, mentre la regina si portava una mano al collo, ora completamente nudo. I suoi occhi sgranati erano carichi di incredulità.

– È... è inammissibile, questo gesto porterà a una crisi diplomatica! – protestò.

Haderslev rise, forte.

– Immagino di sì, se io fossi l'ambasciatore svedese, mia signora.

E la fissò, divertito.

Come può essere?

Poi Blanche realizzò, con terrore, che il loro diversivo gli si era appena ritorto contro.

– Il Giglio Scarlatto! – esclamò, finalmente, sentendosi una perfetta stupida a non averlo capito subito. Dal primo sguardo, e da come ballava.

– Sei sveglia, ragazzina!

L'uomo tirò fuori dal mantello una lunga corda arrotolata, e stava per balzare sul davanzale della finestra quando la porta che dava sul corridoio si aprì di colpo.

Il re, trafelato, comparve sulla soglia.

Il Giglio Scarlatto!

– Che succede? – tuonò.

Alle sue spalle, dello stesso colore della sua tonaca, c'era Richelieu. – Guardate! La regina con il suo amante!

– Ma quale amante, quest'uomo è un ladro! – strillò Anna, indicando il Cuore del Regno tra le mani del finto ambasciatore.

Il cardinale guardò prima l'uomo, poi Blanche. Sembrava smarrito. Evidentemente, *quello* non faceva parte del piano.

– È il Giglio Scarlatto! – gridò Blanche.

Il cardinale impiegò un battito di ciglia per incassare il colpo, poi indietreggiò.

– Guardie! Prendetelo! Ma dove sono quegli stupidi moschettieri, quando servono? – sbraitò, sporgendosi fuori dalla porta.

– Arrivo! – esclamò Marcel, il solo moschettiere che in quel momento non fosse alla parata, precipitandosi nella stanza con lo spadino d'ordinanza. – Non un movimento! Siete in arresto!

Ma non appena lo vide, e indovinò la sua giovane età, il Giglio Scarlatto scoppiò a ridere.

– Sei venuto da solo o con tutta la classe di pulcini?

– Badate a come vi rivolgete a un moschettiere

Capitolo XI

del re! – esclamò Marcel, attraversando il salotto senza la minima esitazione.

Blanche vide il Giglio Scarlatto tirare fuori un coltello da sotto le vesti e, prima che lui lo scagliasse contro Marcel, balzò in mezzo ai due.

– Fermo! – gridò.

Il Giglio esitò. La ragazza si voltò verso Marcel dando le spalle al ladro e spalancò la bocca per dire qualcos'altro.

Ma non fece in tempo.

Mai dare le spalle a un malfattore.

Qualcosa di freddo e appuntito le puntò la gola. E la mano di Haderslev o, meglio, dell'uomo che diceva di essere Haderslev, le strinse la spalla.

– Indietro tutti, o la ragazza farà una brutta fine! – intimò.

La regina singhiozzò, il re pareva un monumento di bronzo. Persino il temibile cardinale non sapeva cosa dire né cosa fare.

Solo Marcel mulinò la spada, ma a vuoto.

Il Giglio Scarlatto trascinò Blanche all'indietro, verso la finestra. – Ora io me ne andrò, – disse, lentamente – ma per evitare che qualcuno faccia mosse avventate vi spiegherò come stanno le cose.

Il Giglio Scarlatto!

Il cardinale sbuffò. – Non la passerete liscia.
– Oh, no, Eminenza. La situazione è leggermente più complicata di quanto sembra – sibilò. – Se io non dovessi passarla liscia, c'è un altro grande assente che farà una brutta fine...
– Il vero ambasciatore! – esclamò il re. – Dov'è? Dovete liberarlo!
– Purtroppo per voi, Vostra Altezza, non siete nella posizione di potermi minacciare... L'ambasciatore è ancora un mio gradito ospite, e poiché io sono l'unico a sapere dove si trovi... credo che dobbiate dare ordine di lasciarmi andare. Altrimenti non morirà solo questa deliziosa fanciulla, ma anche un importante dignitario straniero...

Il Giglio Scarlatto aveva ormai raggiunto la finestra, e lanciò una rapida occhiata fuori. – Sali sul davanzale! – ordinò a Blanche.

Spalancò ancora di più la finestra, e le tende presero a sventagliare.

La ragazza ubbidì.
– Che intendete fare? – domandò il re.

Il cardinale sollevò entrambe le braccia. – Siate ragionevole, non potete saltare da lì, vi azzoppereste nella caduta...

Capitolo XI

– Fermatevi, vi supplico! – pregò la regina.

Ma il Giglio Scarlatto, imperturbabile, sussurrò all'orecchio di Blanche: – Salta.

Poi le tolse il coltello da sotto la gola e le assestò uno spintone fra le scapole.

È la fine.

La ragazza fece appena in tempo a sentire Marcel che gridava: – Vi inseguirò in capo al mondo!

CAPITOLO XII

«AXEL HADERSLEV, IMMAGINO»

• • •

L'impatto con le siepi le tolse il fiato.
Blanche sbatté gli occhi alcune volte, sforzandosi di mettere a fuoco le sagome che aveva attorno.

– Alzati.

La voce del Giglio Scarlatto la raggiunse come un ulteriore colpo. Era già in piedi, oltre la siepe, e stava recuperando la corda con cui aveva fatto chissà quale movimento per rallentare la caduta di entrambi.

Siamo tutte intere? Le mani, le gambe? Le caviglie?

– Ho detto: alzati!

Blanche si rimise in piedi trovandosi faccia a faccia con il coltello del ladro.

– Mi piaci, ragazzina, ma non ci provare, intesi? – sibilò il Giglio Scarlatto, divertito.

I soldati del re, intanto, richiamati dalle grida, si stavano ammassando alle finestre del palazzo.

– Sparategli alle gambe! – ordinò Richelieu, dalla finestra dello studio.

La voce della regina lo interruppe. – No! Potreste colpire Blanche!

E poi quella del re: – Se per errore lo uccidete, l'ambasciatore svedese è spacciato!

A Blanche sembrava di essere a teatro, solo che

«Axel Haderslev, immagino»

a essere in scena era lei. E non aveva un copione da seguire.

Il Giglio Scarlatto la artigliò per un braccio e la strinse a sé usandola come scudo.

– È poco elegante, mademoiselle, e me ne scuso... ma non si sa mai. Mi pare che siano tutti piuttosto agitati, a palazzo...

Si allontanò camminando a ritroso, con la ragazza sempre in mezzo alla linea di fuoco. Nessuno sparò.

E adesso, che facciamo?

Blanche si guardava attorno, sforzandosi di assecondare i passi del ladro e di rallentarli, per quanto le fosse possibile.

Marcel, chiama d'Artagnan! Nostro padre! I moschettieri!

Il Giglio Scarlatto la fece sussultare. – Cammina!

Costeggiarono il Louvre fino a un cavallo bianco legato lungo la Senna. L'uomo issò la ragazza sulla sella, poi tagliò la cavezza e saltò dietro di lei, spronandolo.

– Via!

Blanche riuscì a scorgere con la coda dell'occhio un manipolo di moschettieri a cavallo galoppare con le torce in mano.

Capitolo XII

– Ti prenderanno, pesiamo troppo per il cavallo! Lasciami andare!

Il ladro rise.

– Bel tentativo, ma non vai da nessuna parte: sei leggera, e mi servi come lasciapassare... – rispose, picchiando di tallone. – E l'alternativa è buttarti nella Senna.

Il fiume scorreva accanto a loro, un nastro buio che avvolgeva la loro folle corsa per la città. Blanche sapeva nuotare, aveva imparato da piccola nel Berry, nelle acque poco profonde di un laghetto vicino a casa. Ma sapeva anche che il freddo, le insidiose correnti e le sottane che ancora indossava avrebbero potuto tirarla sotto con grande facilità.

Eppure non poteva darsi per vinta. – Ti prenderanno! – esclamò ancora, con i capelli arruffati al vento.

Sentiva il rumore di altri zoccoli e immaginò che i moschettieri li stessero raggiungendo. Poi, all'improvviso, il Giglio Scarlatto fece scartare il cavallo.

Una scorciatoia!

E si infilarono in un vicolo cieco.

– Ci schianteremo! – gridò Blanche.

Ma il cavallo si fermò a pochi passi dal muro ricoperto d'edera. L'uomo scese, sollevò il rampi-

«Axel Haderslev, immagino»

cante con delicatezza e scoprì un portoncino abbastanza alto e largo da far passare sia lei che l'animale. In un attimo la ragazza e il suo rapitore superarono il muro, trovandosi in un folto giardino coperto da altro rampicante.

Il Giglio Scarlatto si chiuse il portoncino alle spalle, aiutò Blanche a scendere e le puntò, di nuovo, il coltello alla gola.

Un attimo dopo, udirono il rumore di zoccoli dall'altra parte del muro.

– Ma dove sono andati? – esclamò uno dei moschettieri del re.

– Ero sicuro che fossero entrati qui, li ho visti! – rispose un'altra voce.

SIAMO QUI!

Ma dalla bocca della ragazza non uscì alcun suono. I moschettieri cercarono un po' intorno, senza scendere da cavallo, e poi si allontanarono. Il Giglio Scarlatto attese ancora qualche istante e poi abbassò il pugnale.

– Brava, ragazzina, l'avevo capito che eri sveglia... Vieni, da questa parte!

Attraversarono il giardino nascosto e raggiunsero uno scantinato buio.

– Scendi!

*Marcel!
D'Artagnan!
Dove siete?*

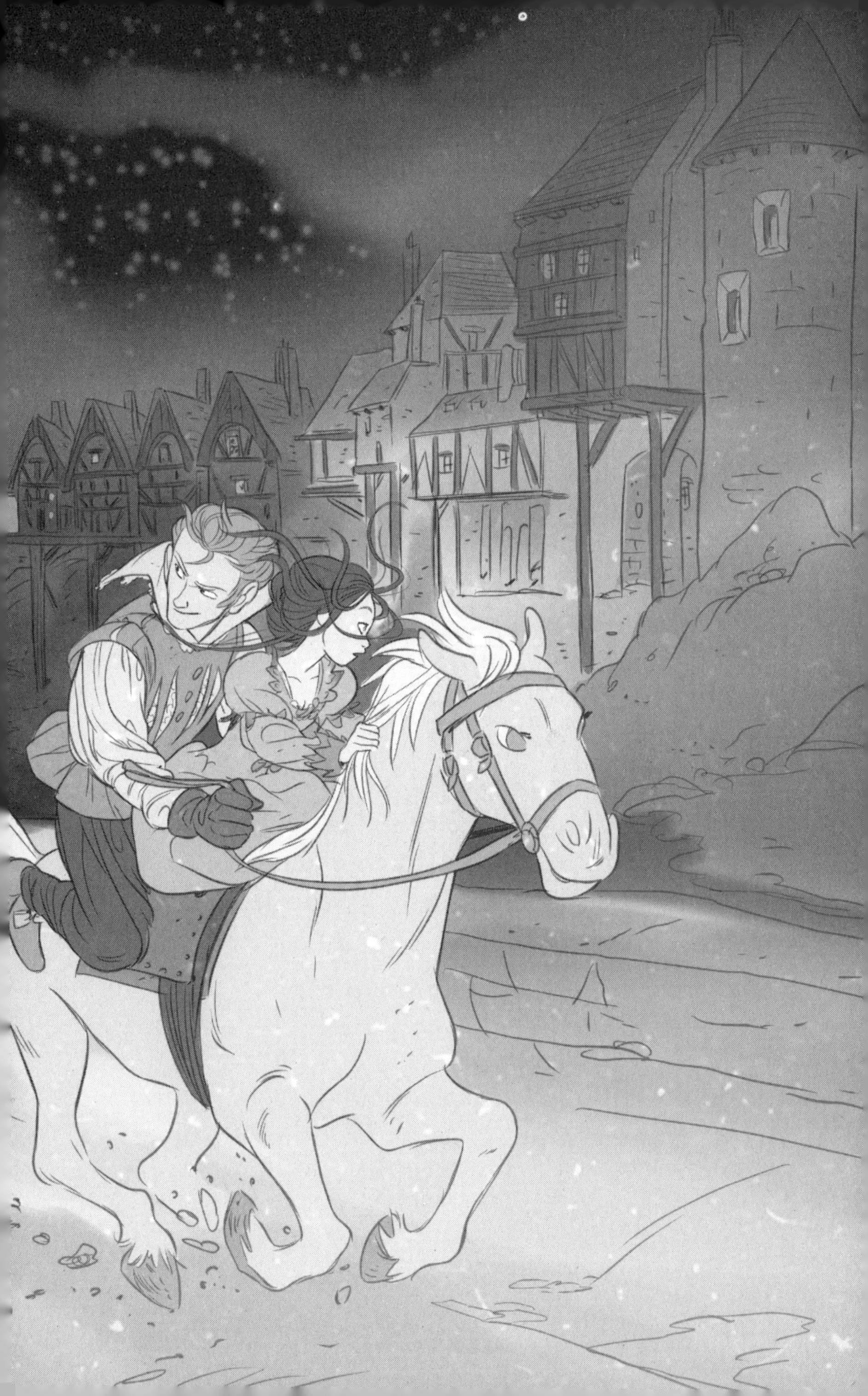

Capitolo XII

Era umido e puzzolente di muffa. Blanche barcollò lungo alcuni gradini sbrecciati, e urtò qualcosa che le ammaccò la fronte.

– Maledizione! – imprecò. – Che razza di topaia è mai questa?

– Che linguaggio, contessina! – ridacchiò il Giglio Scarlatto, passandole accanto per accendere un mozzicone di candela. – Siamo un po' sconvolte?

Non chiedetecelo una seconda volta.

– Più che altro, ferita e coperta di lividi – disse, cercando la cosa più stupida che le venne in mente.

La luce del mozzicone lanciò ombre tutt'intorno a loro e rese visibile un basso scantinato senza finestre, completamente vuoto se non per una manciata di sedie sbilenche.

Su una delle quali era seduto un uomo.

Il Giglio Scarlatto costrinse Blanche ad avanzare, la punta del pugnale fra le scapole. Blanche ubbidì e raggiunse la figura corpulenta seduta sulla sedia.

Legata, alla sedia.

– Axel Haderslev, immagino – disse.

– Per servirvi – rispose l'uomo, con un forte accento straniero. Ma certo, l'accento. Come aveva fatto a non intuire che il vero ambasciatore non

«Axel Haderslev, immagino»

avrebbe potuto parlare un francese così perfetto?
– Voi chi siete?

– Blanche de la Fère, dama di compagnia della regina Anna.

Il Giglio Scarlatto afferrò una delle altre sedie, la accostò allo schienale di quella dell'ambasciatore e, senza troppi complimenti, vi spinse sopra la ragazza e le legò le mani, ignorando le sue proteste.

– Mi dispiace non potervi trovare una sistemazione migliore, ma... coraggio: è quasi finita, ormai! Questione di un paio di giorni al massimo!

– Ma... ma... che cosa dite? È inammissibile! – esclamò l'ambasciatore. – Avevate promesso di lasciarmi andare subito dopo il ballo!

– Promesso? – gli fece Blanche, cercando di girarsi verso di lui. – Avevate un accordo?

Il Giglio Scarlatto ridacchiò, cercando qualcosa da mangiare.

– Diciamo che l'ambasciatore, non appena arrivato in carrozza... mi ha ceduto il suo posto al ballo senza mostrare grande resistenza. E ha dato istruzioni ai suoi servitori perché fingessero che io fossi lui.

– Davvero avete fatto una cosa del genere? – domandò la ragazza, sinceramente scandalizzata.

Capitolo XII

Haderslev tossicchiò imbarazzato, ma non c'era modo di andare troppo lontano. – Sotto grave minaccia, sia chiaro...

Il Giglio, intanto, riuscì a recuperare un vecchio salame, lo morse, poi lo offrì a Blanche.

– No, grazie.

Se usciamo vive da questa cantina, ce ne compriamo dieci alla charcuterie Lupiac*!*

Il Giglio Scarlatto tirò con un piede una sedia fin sotto al sedere e ci si sedette appoggiandosi pesantemente alle ginocchia.

– Quello che vi stavo dicendo è che siamo quasi alla fine della mia carriera, e quindi è il caso di pensare in grande. Ho il Cuore del Regno, è vero, ma non sarà immediato convertirlo in denaro sonante. Mentre chiedendo un rapido riscatto per voi due... un ambasciatore e una dama di compagnia... ho molte più possibilità di raccogliere quello che mi serve per coprirmi le spese.

– Vigliacco – sibilò Blanche, anche se era ricoperta di pelle d'oca per la paura.

– Oh, mi pare di essere in buona compagnia, non è vero, ambasciatore?

L'uomo rise e si allontanò, uscendo dalla cantina. Salì le scale sbrecciate e si richiuse la porta alle

«Axel Haderslev, immagino»

spalle. Blanche sentì i suoi passi sopra al soffitto, poi gli zoccoli del cavallo, condotto via a mano.

In breve, lei e l'ambasciatore rimasero soli.

– Avete già provato a liberarvi? – domandò la ragazza.

Le rispose un grugnito.

– E a urlare? – domandò ancora la ragazza al buio che la circondava.

CAPITOLO XIII

ATTENDEZ-MOI, BLANCHE!

Si può sapere cosa state facendo, ragazzina? – grugnì Axel Haderslev un paio di minuti dopo.

Qualcosa che avresti dovuto fare tu.

Blanche armeggiò con le corde che stringevano i polsi di entrambi, torcendo le mani per riuscire a muovere le dita.

– State fermo, almeno, ambasciatore.
– Come osate...?
– E zitto.

L'uomo borbottò un mezzo insulto, ma Blanche lo ignorò. Continuò a flettere il braccio e a ruotare il polso, cercando la spada nascosta sotto la gonna.

Se solo arriviamo all'elsa, se solo la sfioriamo...

Grugnì per il male, dando l'ennesimo strattone per forzare il braccio destro a passare fra le corde che stringevano sempre di più. Ormai le formicolavano le punte delle dita.

Sì!

Alla fine, la sua tenacia fu premiata: con l'indice raggiunse l'elsa della spada e tirò l'arma a sé, benedicendo sia d'Artagnan che gliela aveva regalata, sia il fatto di essere una giovane fanciulla, perché al ladro non era nemmeno venuto in mente che potesse nasconderla sotto la gonna.

Attendez-moi, Blanche!

– È quello che penso? – domandò l'ambasciatore, quando la lama si infilò tra le due sedie.

Blanche non sapeva che cosa pensasse l'ambasciatore e francamente era davvero poco importante: era uno spadino corto, stretto, facile da nascondere e da maneggiare. Quello che Marcel, quando duellavano, chiamava lo spillone.

Al solo pensiero, le si inumidirono gli occhi.

– Avete proprio delle strane usanze qui in Francia: una spada nascosta nella gonna... questa, poi!

– Vi sarei grata se non ne faceste parola con nessuno, quando usciremo da qui – ribatté la ragazza. – E ora vi chiederei di strofinare le corde che vi stringono i polsi sulla spada, mentre io la tengo ferma...

Lui sembrò esterrefatto. – Siete matta? Non vedo la lama, rischio di tagliarmi!

– Provateci, è l'unico modo per uscire di qui.

L'uomo sospirò, agitandosi sulla sedia. – Non è meglio aspettare il pagamento del riscatto?

Come no.

– Perché davvero vi fidate di quel farabutto?

– Sono sicuro che adesso che l'hanno scoperto, a corte manderanno al più presto dei soccorsi.

– In questo momento sono io l'unico soccorso

Capitolo XIII

che avete – tagliò corto Blanche, con la voce più ferma che le riuscì.

L'ambasciatore si zittì.

– Fidatevi. E ora tagliate queste dannate corde!

Haderslev sospirò di nuovo, e un attimo dopo la ragazza sentì il rumore delle corde che sfregavano contro la lama. Impiegò un'eternità, borbottando quelle che all'orecchio della ragazza risuonarono come volgarità in svedese. Infine, la corda si strappò e l'ambasciatore si alzò di scatto dalla sedia.

Per stramazzare a terra subito dopo.

– Tutto bene? – domandò Blanche, girandosi per guardarlo.

– Non lo so. Ho avuto un piccolo capogiro. E le gambe... si sono addormentate... Ahi... Ohi... Che formicolio! Adesso mi rialzo...

Blanche saltellò sulla sedia per farla ruotare e guardare cosa stesse succedendo: l'ambasciatore era disteso a terra, con le braccia spalancate, immobile come uno di quegli animali pinnati che vivevano nei mari del sud.

– Se non è di troppo disturbo, prendereste la spada per tagliare anche la mia corda? – gli ordinò, seccata.

In qualche modo, e senza mai smettere di la-

Attendez-moi, Blanche!

mentarsi, Haderslev rotolò, si dibatté, recuperò infine la spada e la usò per segare anche i lacci di Blanche.

Puoi farcela, ambasciatore. Forza!

Non appena la sentì cedere, la ragazza saltò in piedi, massaggiandosi i polsi. La cantina era completamente buia, ma lei credeva di sapere come orientarsi.

– Ehi, dove state andando?

– Sto cercando un modo per scappare – esclamò Blanche, riprendendosi la spada senza tanti complimenti.

Laggiù, e poi a destra, fino alle scale.

Con le mani tese davanti a sé perlustrò ogni angolo del muro, facendo attenzione a non urtare niente. Ne aveva già abbastanza, di lividi e ferite. Trovò una piccola presa d'aria e poco altro, e infine le scale.

– Ragazza? Dove siete finita?

– Potete anche chiamarmi Blanche, ambasciatore!

– Blanche? Non mi state lasciando qui, vero?

Non lo chieda di nuovo, perché potrebbe essere una fortissima tentazione.

La ragazza salì i gradini sbrecciati con caute-

Capitolo XIII

la, raggiunse la porta e ascoltò. Non udì rumori in avvicinamento, così provò ad abbassare, piano, la maniglia.

Niente.

Ritentò.

La porta era chiusa a chiave.

– Maledizione!

Al buio, dietro di lei, l'ambasciatore si mise a piagnucolare. – E adesso? Ci hai messo nei guai! Quando il Giglio tornerà e scoprirà che ci siamo liberati...

– State zitto!

Quell'uomo la metteva davvero alla prova. Non ricordava di avere mai conosciuto qualcuno di così... *inutile*.

Ma c'era un altro motivo se gli aveva ordinato di tacere: aveva sentito qualcosa. Zoccoli, poi un rumore di passi.

Il Giglio Scarlatto stava tornando.

– Presto, sulle sedie! – esclamò, con la spada stretta in pugno.

Scese dalla scala a tentoni, rischiando di rompersi l'osso del collo, e attraversò la cantina al buio. Urtò una sedia e la fece cadere.

– Ci ucciderà!

Attendez-moi, Blanche!

– Sciocchezze! Prendete le corde e fingete che siano ancora legate! Forza!
– E voi?
– Io faccio altrettanto. E quando si avvicinerà, lo prenderò di sorpresa costringendolo a farci uscire.

Se solo avesse potuto vederlo, Blanche era sicura che sul volto dell'ambasciatore ci fosse un'espressione di incertezza disarmante. – Non è un piano un po' avventato?

– Ne avete uno migliore? – sibilò Blanche, prendendo posto alle sue spalle.

La serratura scattò con un rumore secco e il Giglio Scarlatto entrò baldanzoso nel seminterrato.

– Spero che la sistemazione sia di vostro gradimento, perché temo proprio che dovrete restare con me ancora un po'... – esordì, scendendo le scale con una nuova candela in mano. – La mia richiesta di riscatto sarà domani mattina sulla scrivania del re.

Arrivò vicino a loro, traboccando soddisfazione. Li guardò e, subito dopo, una ruga si formò sulla sua fronte. Blanche si maledì in silenzio.

Ha visto la sedia caduta.

– Che cosa avete fatto, voi due, qui? – domandò, avvicinandosi.

Capitolo XIII

Ancora tre passi, forza, ancora due...
Strinse la spada con tutta la sua forza.
– Non è stata un'idea mia! – esclamò l'ambasciatore scattando in piedi e agitando le mani libere dai legacci.
E bravo: addio sorpresa.
La ragazza saltò di lato, la spada stretta in mano. Il Giglio le scagliò contro la candela e poi si voltò, correndo fuori dalla cantina.
– Forza, scappiamo! – urlò Blanche all'ambasciatore.
– Ma io... ma voi...
Basta piagnucolare!
La ragazza scattò lungo le scale, verso la porta ancora aperta. – Correte! – gridò.
– *Attendez-moi!* – gridò l'ambasciatore, arrancando alle sue spalle.
Fuori dalla porta, Blanche si ritrovò nel giardino nascosto in fondo al vicolo. Adocchiò un porta di legno alla sua sinistra e l'altra, in mezzo all'edera, che sbucava in strada.
Dove sei finito?
– Forza, ambasciatore Haderslev! – gridò, continuando a guardarsi intorno.
Dove, dove, dove?

Attendez-moi, Blanche!

Vide il cavallo, una bisaccia, una valigia sfondata. Sentì l'ambasciatore che ansimava lungo la scala.

E poi il Giglio Scarlatto uscì dall'ombra, fronteggiandola nell'oscurità del giardino.

– Perdonate la fuga, ma avevo lasciato la spada al piano di sopra, mademoiselle... e ora, se non vi dispiace...

CAPITOLO XIV
LA GENTE DI PARIGI

Incrociarono le lame.

Il Giglio Scarlatto attaccò alto e Blanche parò, si liberò e lo rintuzzò. Si scambiarono un paio di colpi, rapidi e precisi, e Blanche capì che, oltre a essere un perfetto acrobata, il Giglio Scarlatto era anche un ottimo spadaccino.

Parata. Via. E sotto!

Lanciò un'occhiata all'ambasciatore, che nel frattempo era emerso dalla cantina.

– Fate qualcosa!

Haderslev balbettò: – Ma voi... ma io...oddio!

E poi si precipitò verso la porta del giardino.

Magnifico, l'ha fatto: grande e grosso e fugge come un agnellino.

Blanche schivò un colpo per un soffio, con la punta della spada del suo avversario che mandava scintille contro il muro, là dove un attimo prima c'era la sua testa.

State concentrate. Non smettete di fissarlo.

La porta del giardino era chiusa. E l'ambasciatore si accasciò a terra dopo una serie di goffi tentativi di aprirla.

Il Giglio rise: – Davvero pensavate che vi avrei lasciato andare così facilmente? –. Parò una stoccata senza cambiare espressione. – Uccidetemi, e

La gente di Parigi

avrete le chiavi. Oppure vi ucciderò io e... avrò comunque il riscatto.

Blanche inspirò a fondo. L'uomo tirava molto meglio di lei e con ben altra esperienza. E quella gonna...!

Se la strappò con due colpi di spada e la calciò in faccia al Giglio Scarlatto, guadagnando alcuni istanti preziosi. L'aria notturna le morse la pelle delle gambe. Ma non le sarebbe bastata per mantenere calma e sangue freddo.

Calma, e sangue freddo.

Lui era più forte. L'ambasciatore era un inetto e ora, disteso a terra, rendeva impossibile anche solo raggiungere l'uscita. La porta era chiusa, le chiavi erano addosso al Giglio, e il suo avversario non aveva alcuna intenzione di risparmiarla.

Le rimaneva soltanto la scala. Una scala che, dal giardino del covo, saliva al piano alto della casa.

Balzò sul primo gradino e poi arretrò.

Allora? Non vedi che sono in difficoltà?

Lui ci cascò.

– Sei solo una ragazzina avventata! – esclamò l'uomo, incalzandola. – Dove pensi di scappare?

Blanche arretrò ancora, salendo un gradino dopo l'altro e parando le stoccate con gesti scoor-

Capitolo XIV

dinati e scomposti. Gli unici che le rimanevano. Quando i suoi talloni trovarono il pianerottolo, lanciò una rapida occhiata alle sue spalle. Vide una porta semiaperta.

– Arrenditi! – le intimò il ladro.

La ragazza arretrò ancora, arrivando a pochi passi dalla porta.

Ora.

Dopo tanta difesa, vibrò un colpo rapido e netto, che si abbatté sulla spada del Giglio Scarlatto facendogliela quasi saltare via dalla mano. Lui rimase sorpreso, e Blanche ne approfittò per fiondarsi con uno scatto oltre la porta. La spinse contro lo stipite e riuscì a chiuderla con un giro di chiave.

– Ti sei messa in trappola da sola! – esclamò il ladro, picchiando con una serie di manate sulla porta. – Quanto tempo pensi che mi ci voglia per buttarla giù?

Ma Blanche non lo stava nemmeno ascoltando: si guardava disperatamente intorno, in cerca di una via d'uscita. Aveva sperato in una finestra, ma ciò che trovò era ancora meglio. Nel centro della stanza c'era un abbaino che dava sul tetto. Salì su una specie di sgabello, spalancò le imposte e uscì

La gente di Parigi

nel gelo della notte. In quello stesso momento, la porta dietro di lei saltò via in mille pezzi.

Un vento freddo e tagliente le agitò i vestiti e le incollò i capelli alla fronte. La volta celeste era punteggiata di stelle, i tetti di Parigi sembravano un mare pietrificato sotto la luce della luna.

Anche il Giglio Scarlatto uscì dall'abbaino spalancato, e per poco non la agguantò.

– Non puoi sfuggirmi! – gridò il ladro, spavaldo e sicuro di sé. – I tetti di Parigi sono il mio regno, e tu sei solo una ragazzina che gioca con gli intrighi di palazzo!

Blanche lo fronteggiò, la guardia in alto.

– Tu non hai nessuna idea di chi sono io... – gli sibilò. E poi con tutto il fiato che aveva in corpo gridò: – Moschettieri! Aiuto! Moschettieri! Siamo qui!

L'uomo indicò la distesa di tetti che li circondava.

– Non sprecare fiato: i moschettieri non ti aiuteranno. Non sanno come trovarci, sciocca ragazzina! Vedi? Siamo lontani dal Louvre, e Parigi è così grande...

Sterminata.

La giovane deglutì. Non le riusciva di individuare il palazzo reale in nessuna direzione. Ma non era il momento di dubitare.

Capitolo XIV

– Non li conosci, e non sai quanto siano in gamba. Inoltre, non hai considerato una cosa... – rispose, arretrando. Mise tutta l'energia che le era rimasta nella voce. Urlò come mai aveva fatto prima: – Aiuto! Moschettieri! D'Artagnan! Marcel!

– Cosa non ho considerato? – le domandò il ladro, perplesso. Ma un istante dopo lo capì da solo.

La gente di Parigi.

– C'è una ragazza sul tetto! – esclamò qualcuno da una casa di fronte.

– Guardate! Che succede lassù?

Si accesero delle candele. Si aprirono delle imposte scricchiolanti.

– Maurice, alzati, c'è una ragazza sul tetto!

– Ed è pure scoperta!

– Una ragazza sul tetto? – domandò un vocione.

Una donna fece capolino in fondo alla via: – C'è una ragazza in pericolo! Laurent, chiama aiuto!

Quell'angolino addormentato di città si svegliò poco per volta: spuntavano teste dagli abbaini e dalle finestre e si accendevano candele un po' ovunque.

E Blanche non smise per un attimo di gridare: – Ho scoperto il covo del Giglio Scarlatto! Sono qui! Chiamate i moschettieri del re, presto! Aiuto!

La gente di Parigi

La voce viaggiò come il vento, divenne eco tra i tetti e i vicoli. E in poco tempo il quartiere si riempì di grida sparse e concitate.

Il gelo della notte le stava ghiacciando la pelle scoperta, ma Blanche non si era mai sentita così viva e trepidante.

Non siamo così sole, dopotutto.

Il Giglio Scarlatto annusava l'aria come una preda in trappola, il volto pallido e spaventato.

Infine, guardò Blanche con aria feroce.

– Sei morta – disse.

E le balzò contro.

CAPITOLO XV

QUESTIONE DI UN BATTITO DI FARFALLA

• • •

Su una cosa il Giglio Scarlatto non aveva mentito: i tetti di Parigi erano davvero il suo regno. Si muoveva come un gatto, mentre Blanche doveva continuamente aggiustare i pesi e la posizione dei piedi, cercando di prendere confidenza con quel groviglio instabile di tegole, travi e colmi irregolari.

E per giunta senza scarpe.

– Non hai nessuna possibilità! – ruggì il ladro più famoso di Parigi. – Non capisci? Sei solo un'inutile figuretta!

Una scossa di energia attraversò ogni poro della pelle di Blanche come una mareggiata. Un'inutile figuretta? Se c'era qualcosa che Blanche – nessuna delle Blanche – non si sentiva di essere era proprio inutile, e tanto meno una figuretta.

– E tu, allora? Perché non provi a scappare con il tuo bottino, invece di stare qui a farti insegnare come si combatte da una damina?

Scivolò, schivò un affondo e rotolò sul tetto, fermandosi due passi più in giù.

Dalla strada, qualcuno gridò.

– Tieni duro, ragazza!
– Fallo cadere!
– Ce l'ha una spada?

Questione di un battito di farfalla

– Dove sono? Non riesco più a vederli!

Quante persone c'erano ad assistere a quel duello? Con la coda dell'occhio Blanche notò un brulicare di luci e uomini in strada, di candelieri accesi e donne alle finestre.

Tutte per lei.

E, per una volta, la cosa non le diede fastidio.

Concentrazione, Blanche!

Respirò a fondo, per calmarsi. E notò che anche il Giglio Scarlatto aveva il fiato rotto. Dunque era umano anche lui...

– Arrenditi. È la tua ultima possibilità.

– Davvero? – ribatté lei.

Con che forza era riuscita a rispondere in quel modo?

Se ci arrendiamo, abbiamo perso. Se non ci arrendiamo, forse abbiamo ancora qualche possibilità.

– Arrenditi, e potrai vivere!

– Mai! – esclamò la ragazza.

E attaccò.

Blanche de la Fère, scalza e con la gonna strappata, con uno spadino corto e poche lezioni di scherma alle spalle, tutte impartite di nascosto, all'alba, dagli amici di suo padre, attaccò.

Capitolo XV

Si fece sotto e schivò un fendente, un secondo, gli agganciò la camicia e fece saltare un bottone, poi, quando sentì bruciare il braccio e vide che era stata toccata, gridò.

– Questo è il primo – sibilò il ladro, con una risata feroce. – Tra poco arriva l'ultimo sangue.

Le restituì gli affondi, facendola indietreggiare da dove lei era partita, e poi ancora più indietro, e ancora un po'.

– Che succede?
– L'ha ucciso?
– La ragazza sta per cadere!

Blanche lanciò un'occhiata fugace tra le sue gambe e vide che era quasi arrivata sulla gronda del tetto. Ancora un passo indietro, forse due, e sarebbe caduta.

– Blanche!

Un grido improvviso le fece balzare il cuore nel petto.

D'Artagnan?

– Per di qua! – scandì dal basso il vocione di Haderslev, con il suo ruvido accento svedese. – Buttate giù la porta!

– Blanche, dove sei? –. Questo era Marcel.

La ragazza si sentì piena di nuova energia, men-

Questione di un battito di farfalla

tre il Giglio Scarlatto si distrasse ad ascoltare i colpi contro la sua porta segreta.

Questione di un battito di farfalla. Di un battito soltanto. Ma Blanche aveva imparato che anche un solo, insignificante battito di farfalla poteva fare la differenza.

Infilò la testa sotto la guardia del ladro e lo colpì dritto allo sterno, spezzandogli il fiato. Il Giglio Scarlatto perse prima la spada, che rotolò in strada, poi l'equilibrio, e si trovò lungo disteso sui tetti, con lo spadino di Blanche puntato alla gola.

– Arrenditi, e potrai vivere... – disse lei, respirando piano. La luce della luna illuminava i loro corpi e lo stupore furioso nello sguardo del ladro.

Udirono un gran trambusto, sotto di loro: qualcuno che spostava un carro in strada e qualcun altro che entrava nella casa, salendo fino all'abbaino.

Una voce potente intimò: – René Planchon, non un movimento!

René Planchon? È così che si chiama il Giglio Scarlatto?

Blanche continuò a tenergli la spada puntata al collo. Due moschettieri uscirono sul tetto.

– Mi avete fregato – disse il Giglio Scarlatto, alzando lentamente le mani.

La gente di Parigi. Questa non l'avevi presa in considerazione, Giglio!

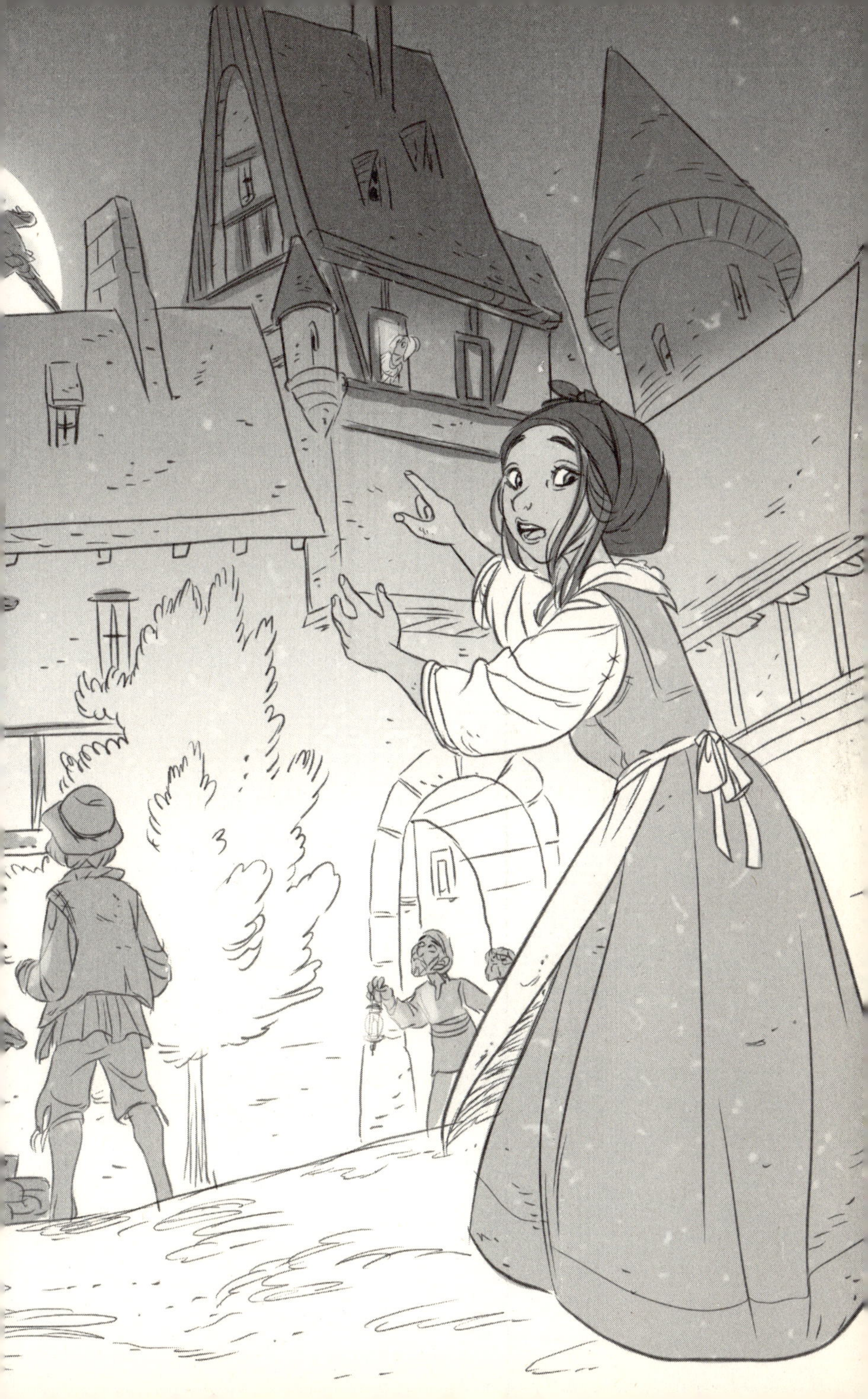

Capitolo XV

I moschettieri saltarono sui coppi, e Blanche abbassò la spada.
Errore.
Il Giglio Scarlatto le diede un calcio improvviso e lei barcollò, incespicando all'indietro oltre la grondaia. Vide la spada disegnare un grande arco nel vuoto, mentre lei restò in qualche modo sospesa sull'orlo del tetto.
Ce la possiamo ancora fare, ce la possiamo ancora...
Agitò le braccia.
Ce la possiamo...
Cadde.
E, mentre cadeva, come già aveva provato a fare con le impalcature dell'Oratoire, cercò un appiglio con le mani. Trovò la gronda, ci si aggrappò, ma le dita scivolarono via.
– Aiuto!
– Tieni duro! – la esortò il moschettiere che era salito sul tetto. L'altro aveva messo un braccio attorno alla gola di Planchon, e gli premeva il piatto della spada contro il petto per impedirgli di muoversi.
– Salta! – gridò un'altra voce, sotto di lei.
Marcel.

Questione di un battito di farfalla

I suoi riccioli scarmigliati. La sua espressione buona. Il suo sorriso. I suoi sberleffi.

Blanche lasciò andare la presa sulla grondaia e cadde all'indietro con una capriola.

Dunque è così che finiscono le spie?

Sentì il peso dell'anello di suo padre alla mano destra. E quello delle moltissime cose che non sapeva di sua madre.

E poi le stelle divennero morbide e le pizzicarono il naso.

Tutto si fermò, scuro e frusciante.

Impiegò alcuni secondi a capire dove si trovava: dentro un monticello di fieno. Erba secca e steli che le punzecchiavano le braccia. Sentì qualcuno che saltava sul carro accanto a lei e vide prima le mani e poi la faccia di Marcel che la tiravano fuori.

– Gran bel tuffo, contessina! – le sorrise lui, abbracciandola di slancio e poi, impacciato, allontanandola quasi con lo stesso slancio. – Stai bene?

Blanche fissò inebetita il viso dell'amico, quello di un uomo rubizzo, in piedi davanti alla stalla poco distante, le altre facce delle persone che erano uscite a seguire il suo duello, il tetto sopra di lei.

– Credo di sì. Sì. Sono tutta intera...

Ma non aveva una sola parte del corpo che non

Capitolo XV

le facesse male. In qualche modo Marcel la aiutò a rimettersi in piedi e a scendere dal carro, mentre i moschettieri, sul tetto, gridavano ordini al Giglio Scarlatto.

Uno si sporse a guardare giù.
– Stai bene?
– Mai stata meglio! – mentì Blanche, sforzandosi di muovere ancora un passo. Poi starnutì, ma non per il fieno, e si sentì esplodere la testa. Marcel la sorresse e una signora arrivò ad avvolgerla con una coperta calda.

– Non dovresti andare in giro scalza di questa stagione... – disse Marcel.

E tu dovresti imparare che anche lo stare zitto, a volte, fa il suo bell'effetto.

Ma invece gli sorrise, si strinse a lui e mormorò:
– Cosa vuoi che ti dica, Marcel? Non ne faccio una giusta...

CAPITOLO XVI

D'ARTAGNAN, SIETE VOI?

La prima cosa che Blanche vide quando si svegliò la mattina dopo fu un enorme mazzo di rose. Occupava per intero il suo mobile da toeletta. Erano gialle e rosa.
Magnifiche.
Si tirò a sedere sul letto, o almeno ci provò, perché nel muoversi troppo velocemente ebbe un rapido giramento di testa e starnutì.
Alphonsine entrò subito in camera con un brodino caldo dall'orribile colore dorato.
– Ah, no! Non ci provare!
– Non intendo sentire ragioni, signorina! Avete un brutto raffreddore e rischiate ben peggio... – replicò la governante. – Lo berrete tutto, e io controllerò che lo facciate, a costo di infilarvelo personalmente in bocca un cucchiaio dopo l'altro!
Blanche sapeva che Alphonsine non stava scherzando. E, a malincuore, si arrese.
Si lasciò appoggiare il vassoio sulle ginocchia e sorseggiò il brodo. Era caldissimo, quasi scottava, e sapeva di pelle di gallina. Ma non era così tremendo. Doveva solo stare attenta a non rovesciarselo addosso ogni volta che le veniva da starnutire.
– Chi ha portato le rose? – domandò la ragazza, tra un cucchiaio e l'altro.

D'Artagnan, siete voi?

– Un uomo.
– Un uomo? – rise Blanche. – Che genere di uomo?
– Con il cappello.
– Alphonsine, per piace... eeetciù!
Questa volta, parte del brodo cadde sul letto e filtrò attraverso le coperte, fino alle gambe nude della ragazza.
– Ecco ciò che si ottiene a uscire con questo freddo! – la rimbrottò la domestica, scuotendo la testa.
– Ma insomma! – protestò Blanche. – È tutto quello che sai dire? Ho catturato un ladro pericolosissimo, liberato l'ambasciatore e...
– E vi siete presa un bruttissimo raffreddore, tanto che adesso starnutite come un cavallo da fieno. Non si addice a una dama da compagnia! Ora basta parlare e mangiate, su! Vi devo rimettere in piedi per il ricevimento di questa sera!
– Quale ricevimento?
– Il ricevimento di questa sera! – ripeté Alphonsine.
– Oooh! – gridò Blanche, esasperata.
Qualcuno bussò alla porta.
– È permesso? – domandò una voce maschile, profonda e divertita al tempo stesso.

Capitolo XVI

È stato lui a portare le rose?

Blanche era già pronta a rispondere di entrare, ma Alphonsine fu più veloce di lei: – No che non è permesso! – si inalberò. – Questa è una camera privata e la contessina non è nelle condizioni di ricevere visite! Si può sapere chi l'ha fatta salire?

– Il re – rispose la voce dall'altra parte della porta.

La cosa non spostò le argomentazioni di Alphonsine di tanto così. – Tornate di sotto e attendete!

– Volevo solo accertarmi che la contessina de la Fère stesse bene!

Alphonsine stava per ripartire all'attacco ma, a questo punto, Blanche la fermò. – D'Artagnan, siete voi?

– Per servirla, contessina.

La ragazza si levò dalle lenzuola e provò a mettersi in piedi.

– Sto benissimo, sto davvero... eeetciùùù!

Starnutì, e lo starnuto la fece barcollare in direzione del guardaroba.

– Mademoiselle de la Fère! – urlò Alphonsine.

Ma Blanche la ignorò: si drappeggiò una mantella sulle spalle e si affacciò alla porta.

Ed eccolo lì, il grande moschettiere. Con il cappello stretto tra i guanti, la barba appuntita con in-

D'Artagnan, siete voi?

solenza, gli occhi mobili e vivaci, solo vagamente più accerchiati dalle rughe del solito.

– D'Artagnan...

Lui si chinò a sfiorarle il viso.

– Blanche...

– Mademoiselle! Mettetevi almeno un paio di pantofole! – annaspò Alphonsine.

Ma i due la ignorarono.

– Ci hai fatto spaventare a morte.

La ragazza annuì.

Ti prego, non farci anche tu la ramanzina sul raffreddore.

– Hai duellato come un vero moschettiere, ieri notte – disse invece d'Artagnan. – Tuo padre sarà fiero di te, non appena lo saprà. Ma soprattutto devi esserlo tu.

Blanche chiuse gli occhi.

Finalmente una persona che capisce le cose!

– Sono stata brava come mia madre? – gli domandò, allora.

– Oh! Insomma! – protestò un'ultima volta Alphonsine, sgomitando accanto a loro per portare via il vassoio d'argento.

A modo suo, aveva capito che era il caso di lasciarli soli.

Finalmente una persona che capisce le cose!

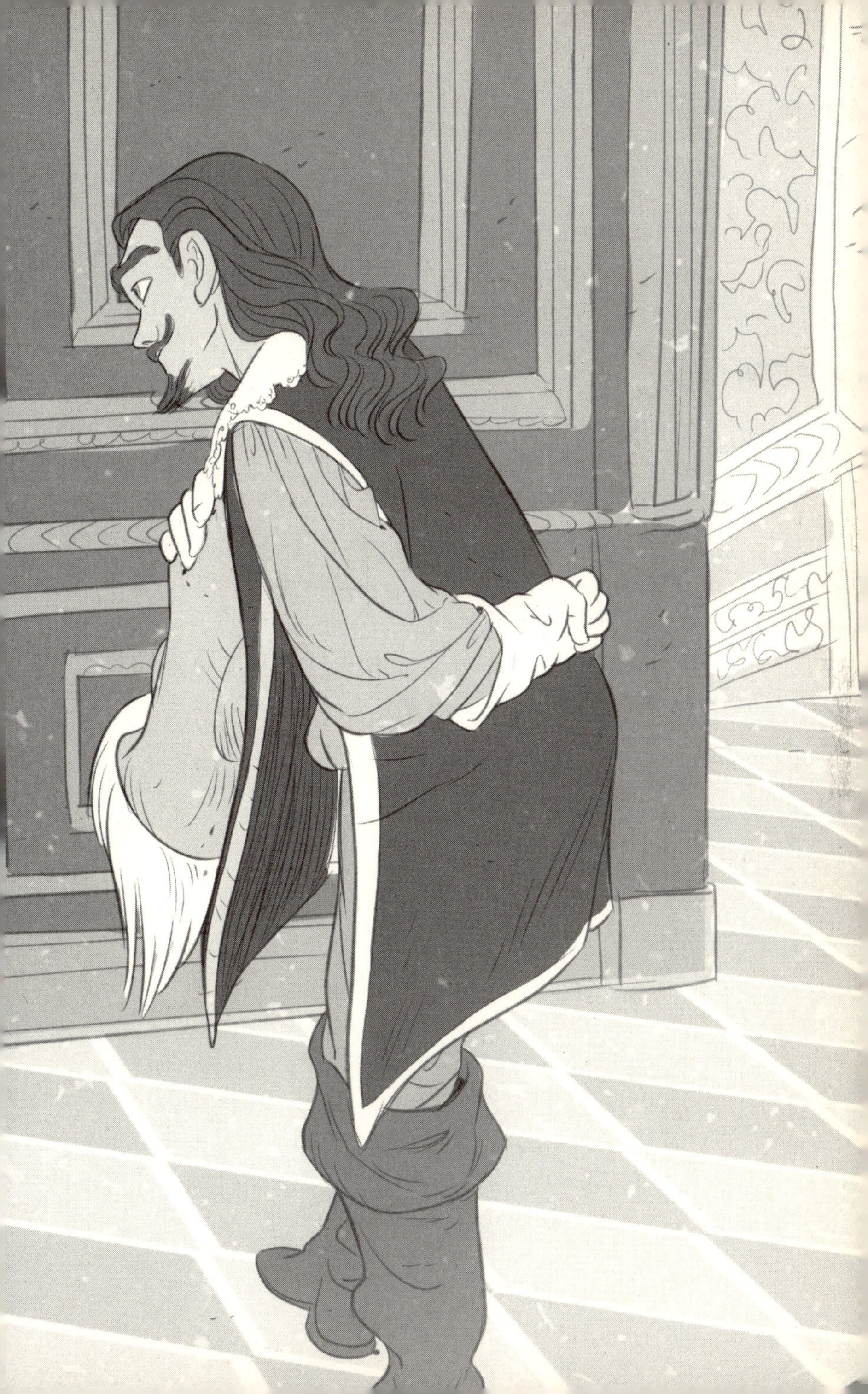

Capitolo XVI

D'Artagnan aspettò di sentire i passi che si allontanavano e poi disse: – Tua madre non c'entra niente.
– Mi parlerai mai di lei? – gli chiese Blanche, a bruciapelo.
Gli occhi del luogotenente dei moschettieri, di solito allegri e ridenti, si incupirono di colpo. Poi si velarono di tristezza.
– Ho promesso a tuo padre di non intromettermi. Quando sarà pronto, lo farà lui stesso.
Già, nostro padre.
Il conte de la Fère era sempre stata una presenza lontana nella vita di Blanche. Più spesso fuori che a casa, e molto taciturno le rare volte che c'era.
– Cosa ne avete fatto del Giglio Scarlatto? – domandò quindi la ragazza con un sospiro, per non costringere d'Artagnan in quell'imbarazzo.
– L'abbiamo portato alle prigioni della Bastiglia – rise lui.
Blanche pensò alle otto terribili torri di quella fortezza e non riuscì proprio a immaginarsi nulla da ridere. Glielo confidò e d'Artagnan rispose: – Perché non hai visto la faccia di Rochefort! Quando ho fatto scendere Planchon dalla sella e gliel'ho consegnato, a nome dei moschettieri del re e all'at-

D'Artagnan, siete voi?

tenzione di Sua Eminenza il cardinale Richelieu, tutto ciò che è riuscito a rispondere è stato: «Molto gentile da parte vostra» a denti stretti.

– Avrei voluto vederlo.

– Oh, sì. Sembrava che, anziché portargli il ladro più ricercato di Parigi, quello che nessuno di loro era mai riuscito ad acciuffare, gli avessimo consegnato una lettera di congedo.

– Mi immagino la strigliata che riceveranno... – mormorò la ragazza. – Di certo il cardinale non sarà contento.

– E qui ti sbagli, invece. È contento... di quello che è importante che sia contento... – sussurrò d'Artagnan. – Cioè dei vostri servigi.

Blanche fece un sorriso tirato. Tutti erano contenti dei suoi servigi, purché lei continuasse a servire.

– E l'ambasciatore?

– Dicono che sia ancora seduto a tavola, da ieri notte. E che non faccia che raccontare del modo in cui vi avrebbe fatto fuggire.

– Ah, lui!

– Lascialo parlare. È molto meglio, per te. Anche se... –. D'Artagnan si affilò il pizzetto tra le dita. – C'è una voce piuttosto interessante che gira tra i criminali della Bastiglia, a mo' di grande sberleffo,

Capitolo XVI

e cioè che il Giglio Scarlatto sia stato sconfitto a duello da una ragazzina con la gonna.

– Tecnicamente, me l'ero tagliata.

– E, sempre tecnicamente, il Giglio Scarlatto nega questa versione dei fatti, preferendo quella di aver dovuto combattere contro un'intera brigata di moschettieri.

– Lasciamogli il suo racconto. Per un bel po' non avrà molto altro da fare che metterlo a punto.

– Sì – convenne d'Artagnan. E da come si passò il cappello tra i guanti, Blanche capì che la sua visita era terminata.

– Riguardati – disse a voce bassa.

– Dopo il brodino di Alphonsine starò benone, vedrai...

– E fai attenzione. Il palazzo è pieno di pericoli.

– Ma ci sono i moschettieri, per questo.

D'Artagnan tirò fuori da sotto il mantello lo spadino della ragazza, quello che le era caduto in strada, e glielo porse.

– Ti aspetto al *Lapin Noir* quando starai meglio, per le prossime lezioni.

– È una promozione?

– È un allenamento.

Il tenente dei moschettieri si allontanò di un

D'Artagnan, siete voi?

passo. – E, a proposito... hai fatto una stupidaggine, sul tetto.

– Lo so, non avrei dovuto abbassare la guardia, né dare il Giglio Scarlatto già per sconfitto... – rispose Blanche, fissando i suoi piedi nudi. Detestava ammettere di avere fatto uno sbaglio così grossolano, ma era impossibile negarlo.

– Non devi sentire niente, quando combatti – disse d'Artagnan. – Nessuna distrazione, nessun altro pensiero, nessun sentimento. Niente. Solo la punta della tua spada.

– E quando ci riuscirò?

Smetteremo di sentire anche quando non combatteremo? Saremo senza pensieri, distrazioni e sentimenti?

– Quando ti accadrà corri a chiamarmi. Perché io non ci sono ancora riuscito – concluse d'Artagnan con un sorriso.

Blanche lo guardò scendere dalle scale e sparire nei corridoi del palazzo. Poi, precisa come la messa mattutina, vide tornare Alphonsine.

Con un giglio bianco in mano.

– E quello?

– È per voi – rispose la donna con la voce che vibrava un po'.

Capitolo XVI

Blanche lo odorò: era profumato di vaniglia e di qualcosa di gelido.
– Chi ve l'ha portato?
– Il cardinale Richelieu... – mormorò Alphonsine, entrando in camera per riordinare.

Al ricevimento in onore dell'ambasciatore Haderslev c'erano tutti: il re, i moschettieri che avevano sventato il rapimento e, ovviamente, la regina, con il Cuore del Regno al collo. Il cardinale sedeva accanto al re, e mangiò come se ognuna delle decine di portate fosse stata cosparsa di succo di limone.

A metà circa del banchetto, il re propose un brindisi per l'ambasciatore. Poi, dopo altri piatti e dopo aver confabulato con la regina, ne propose uno anche per Blanche.

– E brindiamo anche alla dama di compagnia della regina! – disse Luigi XIII, che evidentemente non si ricordava il suo nome.

Cosa avrà mai fatto, questa ragazzina, per avere anche un nome?

Blanche sollevò il calice e brindò, idealmente, con d'Artagnan, seduto in fondo al tavolo dei moschettieri.

D'Artagnan, siete voi?

Il personale del Louvre sfrecciava tra le sedie e gli ospiti con vassoi e piatti di portata: stufato di verdure, prosciutto aromatico tagliato a fette spesse, arance portoghesi, frutta candita...

– Una sola cosa non mi è chiara di questa faccenda... – disse a un tratto Luigi XIII, con le labbra rese lucide dal grasso del prosciutto e gli occhi vacui dal vino. – I moschettieri sono stati richiamati dalla voce della...

– Blanche – intervenne la regina.

– Esatto... dalla voce di Blanche che chiedeva aiuto... –. E a quel punto, con grande sorpresa della ragazza, il re si voltò verso di lei. – Ma voi come avete fatto a liberarvi, prima del loro arrivo?

Alla ragazza andò quasi di traverso il succo aspro di un mandarino. Non si aspettava quella domanda e non le venne in mente niente da rispondere.

– Immagino che sia stato merito dell'intervento dell'ambasciatore, non è vero? – domandò il cardinale Richelieu, parlando forse per la prima volta da quando era iniziato il banchetto.

– Ecco io... noi... – balbettò Haderslev.

– Infatti! – riuscì finalmente a dire Blanche, ricacciando in gola il mandarino. – È stato tutto merito del suo coraggio.

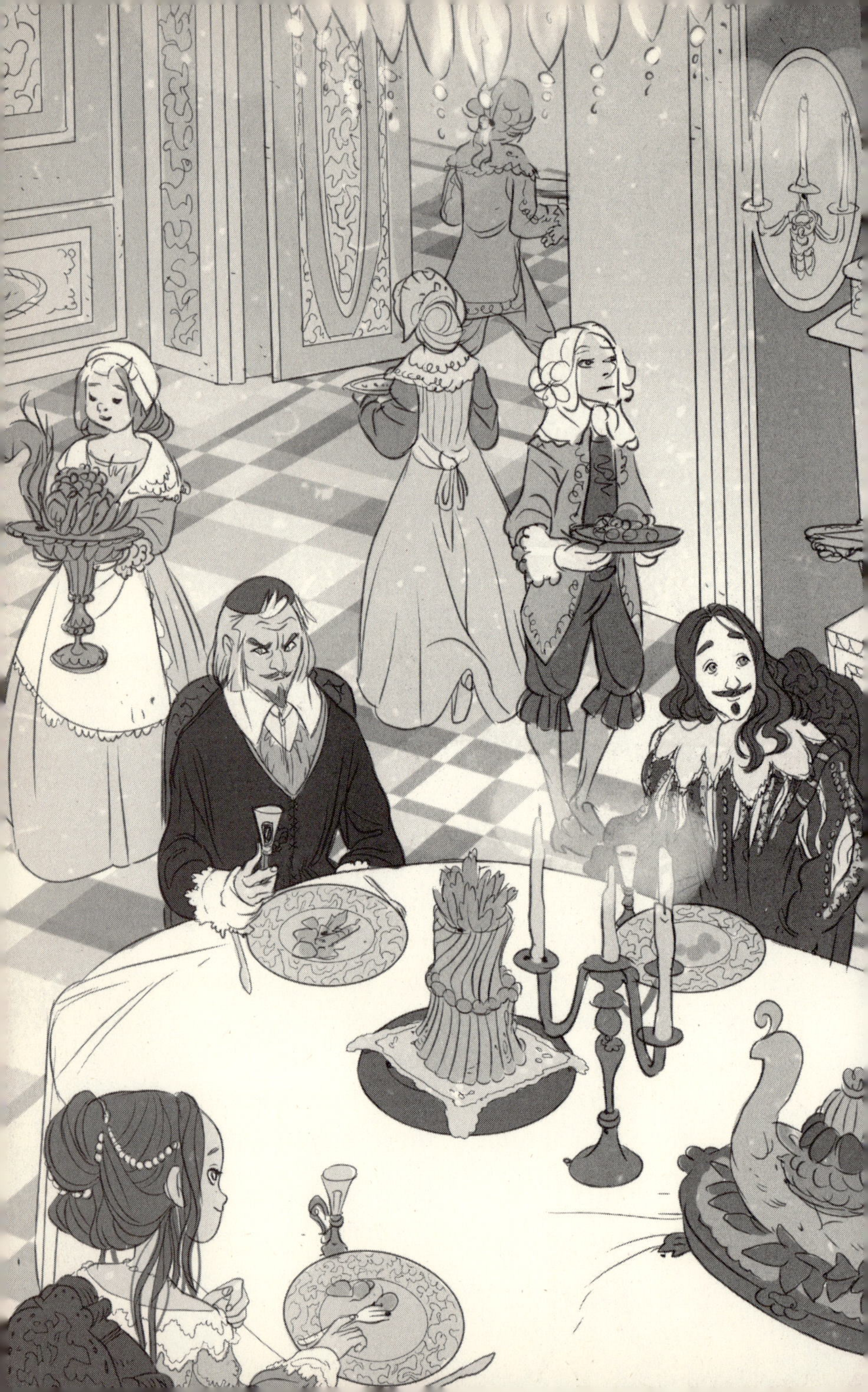

Complimenti, ambasciatore, la parlantina non vi manca. A differenza del coraggio.

Capitolo XVI

L'ambasciatore Haderslev aggrottò le sopracciglia. – Insomma...

Con le dita unte di papero al melarancio e le labbra impiastricciate di zucchero candito, era davvero difficile farlo passare per un eroe.

Ma il cardinale le aveva offerto la migliore delle vie d'uscita.

– L'ambasciatore è molto modesto, ma è stato lui a liberarci – spiegò allora Blanche, recuperando colore a mano a mano che parlava. – Aveva un pugnale nascosto nelle vesti, ma non riusciva a prenderlo perché aveva le mani legate. Però, quando il Giglio Scarlatto mi ha legata insieme a lui, ha capito che forse io, con le mie piccole dita, potevo raggiungere il pugnale, così mi ha chiesto di aiutarlo a recuperarlo. Con quello ha reciso le corde che ci legavano. Poi però il Giglio Scarlatto ci ha sorpresi, e l'ambasciatore Haderslev ha lottato come un leone, riuscendo a proteggermi fino a quando non sono salita sul tetto, dove ho chiamato aiuto a gran voce.

– Un applauso per il coraggioso ambasciatore svedese! – esclamò la regina, cogliendo l'imbarazzo negli occhi di Haderslev e capendo che era il momento di sfruttarlo. – E uno per i coraggiosi moschettieri del re!

D'Artagnan, siete voi?

Luigi XIII batté regalmente le mani, poi si volse verso Haderslev e gli domandò: – Raccontateci di più, caro ambasciatore! Adoro queste storie di sangue e coraggio!

Richelieu scrutò il pingue dignitario con un pizzico di tensione, rimanendo silenzioso e circospetto. Ma, dopo un inizio esitante, Haderslev si lasciò andare a un vago sorriso.

– Dovete sapere, sire, che in Svezia siamo tutti combattenti di grande valore!

E l'attimo successivo si lanciò in un resoconto fantasioso della sua sfida al Giglio Scarlatto armato solo di un pugnale, fino alla resa sui tetti di Parigi.

E Blanche capì, quella sera, quanto fosse sottile, ma importante, la differenza tra gloria pubblica e gloria privata. E se sulla prima si potevano fondare le nazioni, senza la seconda non si potevano fondare le persone.

CAPITOLO XVII

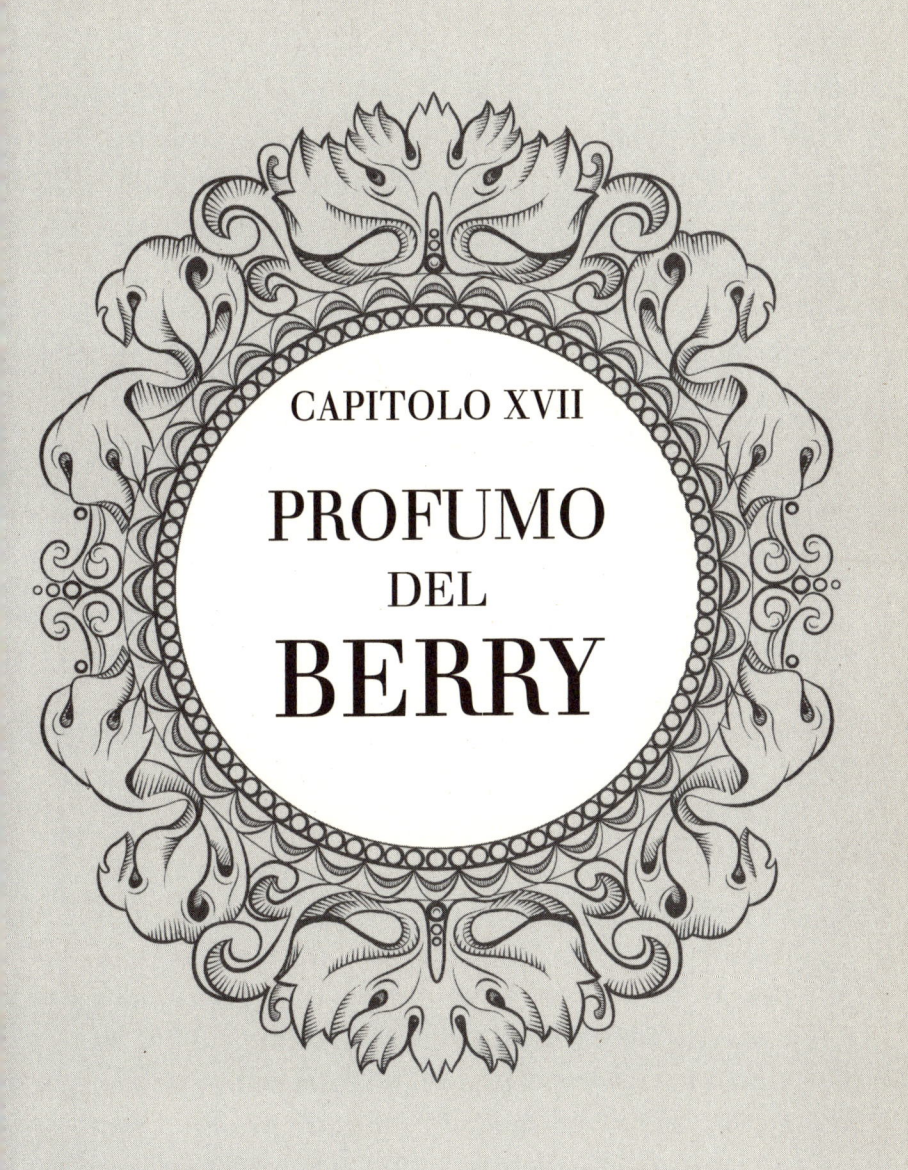

PROFUMO DEL BERRY

Ci vollero alcuni giorni prima che Blanche trovasse il tempo di tornare alla scala a chiocciola nascosta dietro il suo letto, per recuperare le cose che vi aveva abbandonato la sera del ballo. L'ambasciatore era ripartito, la regina si era fatta raccontare ogni cosa, il cardinale aveva ripreso i suoi complotti, i moschettieri da un lato e gli uomini di Rochefort dall'altro si dividevano il controllo della città.

Blanche aveva con sé un candelabro d'argento con due candele. Si fermò in cima alla scala per sistemare le mille lire del gioielliere dentro uno scomparto segreto ricavato dietro una pietra del muro, dove teneva ben nascosta una sua riserva di denaro da usare in caso di necessità. Come già in altre occasioni, mentre metteva via quei soldi, sentì il pizzicorio del rimorso per non averne parlato con la regina - era sicura che Anna le avrebbe concesso un piccolo appannaggio se solo glielo avesse chiesto - ma preferiva fare tutto da sola, per avere la sensazione che fosse una cosa solo sua. Era sicura che la regina avrebbe capito. Sistemò le cose con cura, la pietra al suo posto, poi scese lungo i gradini, facendo attenzione a non inciampare. La caduta dal tetto le aveva lasciato

Profumo del Berry

uno spiacevole senso di vertigine, che faticava ad andare via.

Ecco la camicia notturna, i pantaloni, gli stivali...

Scendendo con cautela recuperò ogni cosa, fino al corridoio che passava sotto i giardini reali per andare alla cripta dell'Oratoire.

Non pensava a nulla di particolare, e a tante cose insieme. E infatti subito non se ne accorse.

Poi, però, il suo occhio allenato vide qualcosa di strano, alla base della scala. Proprio dove poco prima si trovava il suo stivale.

Si chinò a raccoglierlo.

Era un mazzolino di erbe odorose, legato con un nastro azzurro. Rosmarino, salvia e melissa.

Ed erano ancora fresche.

La ragazza si sentì trasportare nell'orto della sua lontana casa nel Berry, fra i boschi e i prati umidi di rugiada. I suoi occhi azzurri si spalancarono per la gioia e per l'imbarazzo. Dovette posare le candele sul gradino e sedersi a terra, perché non se l'aspettava.

– Papà? – domandò, nel corridoio buio.

Strofinò la salvia tra le dita, ne assaporò il profumo.

*Rosmarino,
salvia, melissa.
Profumo di casa.*

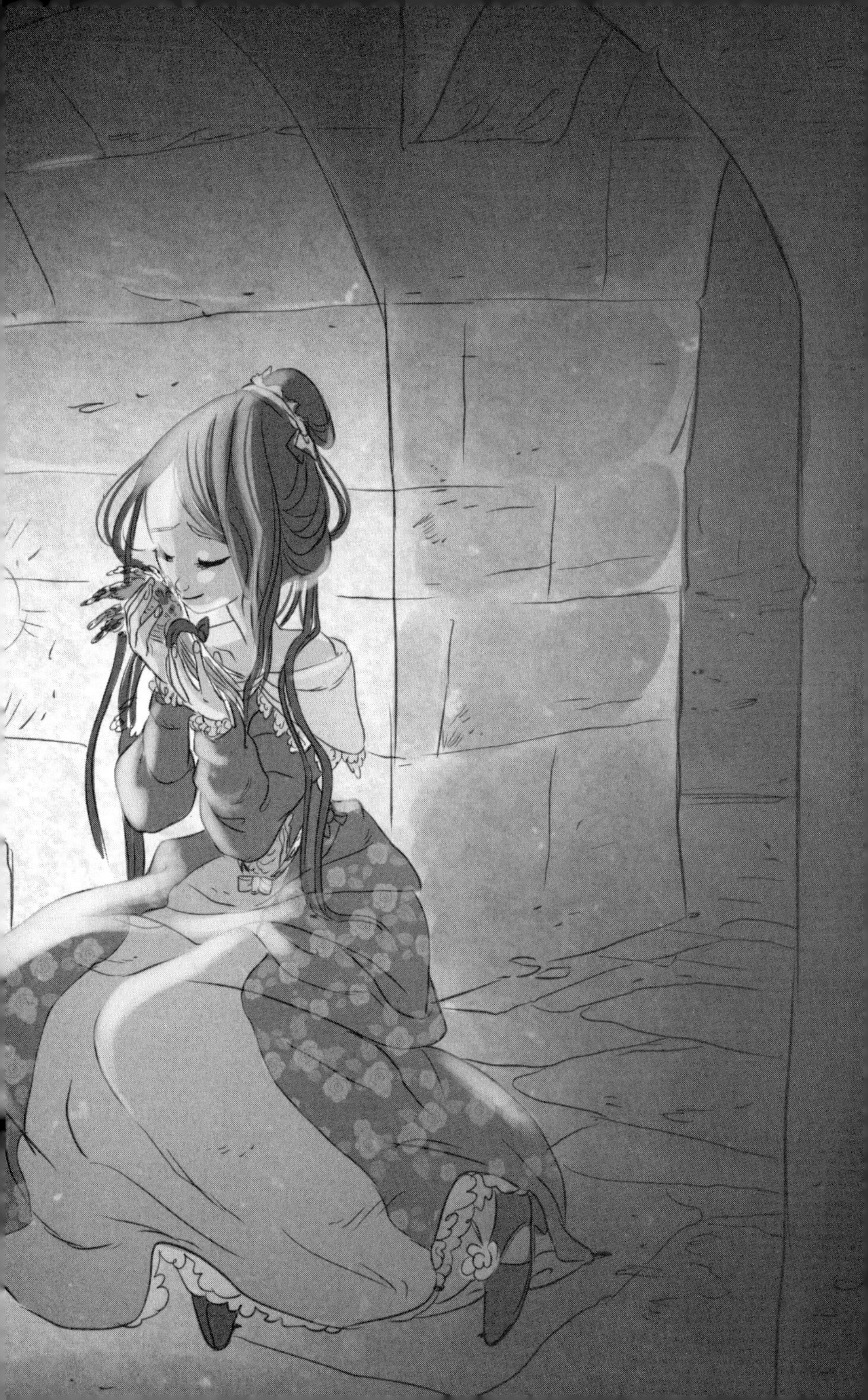

Capitolo XVII

Poi si alzò e, lentamente, camminò fino alla grata che si trovava poco più avanti.

– Sono bellissimi – disse quando fu sotto le lame di luce che filtravano dal giardino.

Accovacciato sopra di lei, senza che la ragazza se ne accorgesse, il giovane apprendista moschettiere Marcel sorrise.

E arrossì.

FINE

INDICE

I.	Mademoiselle Blanche!	13
II.	*Au revoir*, ambasciatore	21
III.	*Quel dommage*, che peccato!	35
IV.	La cerimonia del *lever*	41
V.	La locanda *Le Lapin Noir*	53
VI.	Il conte di Rochefort	61
VII.	Un cestino di topinambur	69
VIII.	Una Blanche contro tutti	79
IX.	Marcel, apprendista moschettiere	87
X.	Una spia per la regina	93
XI.	Il Giglio Scarlatto!	103
XII.	«Axel Haderslev, immagino»	109
XIII.	*Attendez-moi*, Blanche!	121
XIV.	La gente di Parigi	131
XV.	Questione di un battito di farfalla	139
XVI.	D'Artagnan, siete voi?	149
XVII.	Profumo del Berry	167

Questo libro non è vendibile
se sprovvisto del presente tagliando

PROVA D'ACQUISTO
IL BATTELLO A VAPORE
BLANCHE, UNA SPIA
PER LA REGINA
566-6723-3